초차원게임 넵튠 하이스쿨

❸

오카즈

KB076421

길찾기

■ 등장인물

주인공

넵튠

이스투아르 기념학원 고등부 1학년.
여신 후보 양성과 소속.
게임을 좋아하는 밝고 건강한 아이.
이 작품의 주인공.

느와르

이스투아르 기념학원 고등부 1학년.
여신 후보 양성과 소속.
성실하고 진지한 성격의 우등생.

벨

이스투아르 기념학원 고등부 2학년.
여신 후보 양성과 소속.
온화한 성격으로 고귀한 분위기를 풍기는
학원의 인기인.

블랑

이스투아르 기념학원 고등부 2학년.
여신 후보 양성과 소속.
보통은 말수가 적고 무뚝뚝하지만
가끔씩 폭발한다.

콤파

이스투아르 기념학원 고등부 1학년.
간호학과 소속.
마이페이스지만 진지한 면도 있다.
곤궁한 사람을 지나치지 못한다.

아이에프

이스투아르 기념학원 고등부 1학년.
에이전트 양성과 소속.
시원스러운 성격.
학원 내의 정보에 밝다.

네프기어

이스투아르 기념학원이 운영하는
분교에 입학한 넵튠의 여동생.
언니와는 달리 진지하고 견실한 우등생.

유니

이스투아르 기념학원이 운영하는
분교에 다니는 느와르의 여동생.
완벽한 언니에 대한 컴플렉스가 있는
솔직하지 못한 노력가.

롬

이스투아르 기념학원이 운영하는
분교에 다니는 블랑의 여동생.
양면성이 있는 언니의 성격 중
내향적인 부분을 닮았다. 람과는 쌍둥이.

람

이스투아르 기념학원이 운영하는
분교에 다니는 블랑의 여동생.
양면성이 있는 언니의 성격 중
외향적인 부분을 닮았다. 롬과는 쌍둥이.

「넵튠 하이스쿨」을 이어서 계속합니다

CONTENTS

PROLOGUE ···································· 15

STAGE 1 ···································· 29

STAGE 2 ···································· 75

STAGE 3 ···································· 129

STAGE 4 ···································· 175

STAGE 5 ···································· 213

BOSS BATTLE ···································· 261

EPILOGUE ···································· 289

표지 일러스트 츠나코 **본문 일러스트** 우리모 **표지 디자인** 오쿠보
한국어판 번역 채다인 **편집** 정성학 **표지** 박재성 **마케팅** 이승우 **주간** 박관형

이것이 앞권까지의 「초차원게임 넵튠 하이스쿨」이다!!

처음 읽는 사람들은 잘 부탁해! 그렇지 않은 사람들은 세 번째로 '안녕!'

취미는 게임이고 특기는 변신. 사랑과 정의, 용기가 가득한 주인공, 넵튠입니다!

지난 화까지 '넵튠 하이스쿨'이 어떤 이야기였냐 하면…….

"내가 생각한 건, 그 교회를 우리들 전용의 방이라고 해야 할까…… 비밀 기지로 개조하면 어떨까? 라는 거야."

나에게 남겨진 '다른 세계의 퍼플하트'의 검.

그리고 이사장이라고 하는 수수께끼의 '요정씨'.

마제콘느 선생을 원래 모습으로 되돌렸지만 몇 가지 수수께끼는 해명되지 않았어. 아아~ 다시 한 번 더 요정씨나 퍼플하트와 만난다면 뭔가 알게 될지도 모르는데 말이지.

요정씨와 만났던 학원 한구석에 있는 숲 속의 작은 교회, 거기에 매일 가면 다시 한번 요정씨나 퍼플하트와 만날 수 있을지도 몰라.

아, 그렇지! 그러면 매일 즐겁게 지낼 수 있게 교회를 통째로 개조하자고!

…… 그렇게 해서 우리들만의 비밀 기지가 만들어졌는데,

'이번 학기말에 노령화된 구교사동을 철거하려고 합니다. 또한 구교사동과 교직원동 옆에 있는 숲도 채벌하여 구교사 땅과 합쳐 부지를 정비합니다.'

갑자기 학원에서 발표한 구교사 철거계획. 그야말로 '아닌 밤중에 날벼락!'이지 뭐야.

이대로라면 겨우 완성한 비밀 기지도 철거될 거야. 그러면 두 번 다시 요정씨도, 퍼플하트도 못 만나게 될지도 모르잖아!? 그런 건 싫어!

거기다가 구교사는 수많은 서클과 동호회가 부실로 쓰고 있어. 우리들뿐만이 아니라 구교사에 있는 수많은 아이들도 위기!

"……알았어! 불초 넵튠, 구교사 철거 반대 운동에 힘을 빌려 주겠소!"

그렇게 우리들은 모든 동호회 아이들의 기대를 등에 업고 학원의 횡포에 맞서기로 했어.

학원의 유명인인 우리들이 반대 운동에 나선다면 분명히 협력해 주는 사람도 있을 거야…….

느와르가 반대 연설회를 하고, 벨이 지원을 요청하는 파티를

기획하고, 블랑이 르위 주에 있는 문화재단에 호소하고, 빅웨이브가 되어 학원에 퍼져나가는 반대 운동.

그러던 중 만난 아이가,

"저는 린다라고 해요오. 저어, 넵튠 씨의 어어어엄청난 팬이에요오! 저, 그런 넵튠 씨를 도와주고 싶어요!"

내 엄청난 팬이라는 여자아이, 린다.

겉보기는 불량스러워 보이지만, 친구를 생각하는 착한 아이라고 여겨서 나는 그녀와 함께 좀 더 열심히 반대 운동을 해보자는 결의를 다졌지만⋯⋯ 큰 착각이었어.

린다는 동료인 와레츄와 함께 신비한 마력을 지닌 반지로 나를 세뇌해서 반대 운동을 망치게 하려고 했어. 겉도 속도 불량스러운 아이였던 거야!

완전히 린다에게 당한 나는 조종당해서 폭주하게 됐지.

너무 심한 거 아니냐고 걱정해 주는 모두의 충고에도 귀를 기울이지 않고 계속 무리한 요구를 거듭해서 학원에서도 백안시되었어.

하지만,

"네푸네푸가 나쁜 게 아니잖아요!"

"그 말이 맞아. 네프코의 마음을 비집고 들어가 술법을 건 두 사람⋯⋯ 거기다가 네프코를 이용해 반대 운동을 물거품으로 만든 녀석들이 나쁜 거야."

우우~ 친구라는 건 정말로 따뜻하고 좋은 거구나.

컴파도 아이짱도 느와르도 벨도 모두 협력해서 나에게 걸린 세뇌를 풀어 줬어.

좋았어! 이제부터 오명을 씻겠어! 명예 회복을 하자고!

나의 순결한 소녀심을 짓밟고 나쁜 짓을 한 린다 일행과 그 배우에 있는 흑막에게 여신의 징벌 타임이다!

분노한 우리들의 반격이 시작됐어.

느와르의 친구인 전산 동호회장 진구지 케이랑 학원의 양호 선생님인 하코자키 치카의 협력을 얻은 우리들은 구교사 철거를 강행하려 하는 학장 대행이 뒤에서 악덕 건설 회사 '매직 컴퍼니'와 연관돼 있다는 충격적인 사실을 알게 됐어.

그래서 우리들은 학장 대행과 매직 컴퍼니가 꾸미고 있는 부정의 증거를 찾기 위해 한밤중에 교직원실로 숨어들었어. 하지만 그렇게 간단히 일이 풀리지는 않더라고,

"아쿠쿠쿠…… 안되지, 학생들이 이런 밤중에 어슬렁거리면."

"이 몸은 주식회사 매직 컴퍼니의 전무 트릭 더 하드. 앞으로도 잘 부탁한다고 해야 하나?"

숨어들어간 곳에서 문제의 건설 회사 '매직 컴퍼니' 간부 트릭 더 하드에게 붙잡히게 됐어.

게다가, 이 트릭과 매직 컴퍼니 녀석들은 마제콘느 선생처럼

다른 세계의 나쁜 놈들에게 정신을 지배당한 거야! 정말로 이런 건 곤란하다니까.

"이 검에서 희미하지만 저쪽 세계 퍼플하트의 사념을 느꼈어. 이건 저편에서 그 여자가 가지고 있던 물건이니까. 이게 여기에 엄중하게 보관돼 있다는 건 너희가 저쪽과 접촉을 하고 있다는 확실한 증거지."

"게이트를 여는 방법을 알려 줘. …… 그러지 않으면 죽인다."

아무래도 매직 컴퍼니의 목적은 처음부터 이 교회와 우리들이 었던 것 같아. 우리들이 다른 세계의 퍼플하트와 자유롭게 연락을 주고받는다고 생각한 것 같은데…… 그런 게 가능하면 진작 연락을 했겠지.

뭐라 말을 해도 들어주지 않는 매직 컴퍼니 일당들.

하지만 사정이 있어 따로 행동을 하게 된 아이짱과 느와르에게 간신히 위기에 빠진 걸 알려서 작전을 세웠어.

"의식을 치르기 위해서는 네 개의 성스러운 신기가 필요해. 하나는 지금 네가 들고 있는 퍼플하트의…… 여신의 검."

"여기에는 없어. 이런 사태에 대비한 리스크 헤지(리스크 관리)는 상식이니까. 남은 셋은 여기 없는 동료들이 각자 가지고 있어."

"…… 연락해."

블랑의 입에서 나온 이야기는 제멋대로에 말도 안되는 설정들.

거기에 걸려들어서 아이짱과 연락을 하게 됐어!

아이짱도 우리들의 거짓말에 입을 맞춰줬다니까. 역시나 이심전심.

"그래, 악당이 비겁한 건 당연한 일이지. 오히려 비겁하지 않은 악당은 이 몸이 본다면 악당이라고 할 수도 없어. 아쿠쿠쿠쿠!"

"이걸로 네프코의 누명은 완전히 풀렸어. 진짜 다행이네. 저 기분 나쁜 놈이 흥에 겨워 전부 자백한 덕분이야."

이리하여 남은 신기(물론 그런 건 처음부터 없었지만)와 우리들의 신병을 교환하는 거래 현장에서 트릭이 자신의 입으로 흑막이었다는 걸 자백하게 하는 데 성공했어. 증거 영상이 학원에 유출돼서 대역전!

그리고 매직 컴퍼니의 간부 저지 더 하드를 격렬한 전투 끝에 쓰러뜨린 것까지는 좋았지만…… 종이 한 장 차이로 매직 사장과 트릭 전무는 도망가 버렸어. 분하다!

"여러분들이 싸운 상대는 우리의 세계에서 대마녀 마제콘느를 따르던 마제콘느 사천왕이라고 불리던 자들이에요."

"여러분의 세계를 구하는 열쇠는 넵튠에게 맡겼던 그 검에 있어요……. 여러분을 또 하나의 나에게 이끄는 만남이…… 곧……."

하지만 분할 틈도 없이 새로운 전개가!

저지를 쓰러뜨린 뒤 갑자기 교회에서 나타난 요정씨 - 잇승의 입에서 세계가 위기에 빠져 있다는 엄청난 이야기를 듣게 됐어.

구교사 철거 소동으로 시작해 갑자기 세계의 위기라니 - 스케일이 너무 큰 거 아니야?

게다가 '또 하나의 나에게 이끄는 만남'이란 건 뭐지?

푸푸-. 아무래도 이 이야기는 해결된 게 아닌 모양이야.

그걸 증명하기라도 하듯이,

"겨우 찾았다…… 언니!"

평온한 일상을 되찾은 학원의 정문 앞에 숨어 있던 수수께끼의 그림자.

이건 도대체 뭐지!?

PROLOGUE

"잡담거리는 역시 날씨 이야기가 좋겠지?"

내가 그렇게 말하자 아이짱은 나를 빤히 쳐다보고, 컴파는 쓴 웃음을 짓는다.

느와르는 보라는 듯 크게 한숨을 내쉬었다.

그 한마디를 시작으로 네 명 다 일어서더니,

"으음. 오늘은 어떻게 딴지를 걸어 줄까."

아이짱이 나를 빤히 쳐다보며 말한다.

"저, 저는 제대로 들어 줄 거예요."

뒤이어 컴파가 말을 이어받고,

"컴파. 그렇게 허구한 날 넵튠에게 무르게 구니까 저러는 거라고. 일일이 상대해 줬다가는 끝이 없다니까."

마지막으로 느와르가 말한다. 잠깐잠깐! 느와르짱. 그거 너무하지 않아?

나는 아무 일도 없었다는 듯이 나를 무시하고 터벅터벅 걸어가는 느와르의 앞으로 돌아가 두 팔을 벌려 느와르를 막았다.

그런 나를 피해가는 느와르.

그렇게는 안되지! 타박타박 게걸음으로 걸으면서 계속 막아낸다.

"아~진짜! 짜증나네! 말하고 싶은 게 있으면 빨리 말하라고!"

"좋았어 이겼다대게!"

느와르가 친구를 무시하는 나쁜 아이가 되려는 걸 막아낸 나는 양손을 펼쳐 승리의 더블 브이로 기쁨을 표현했다.

척척 반짝반짝.

"도대체 무슨 소리냐고. 잡담거리는 날씨가 어쩌고저쩌고……. 처음 보는 사람끼리 대화하는 것도 아니고 말이야."

그런 나를 보고 느와르가 깊이 한숨을 내쉬며 말했다.

"가뜩이나 오늘은 날이 푹푹 쩌서 기분도 별론데, 네프코가 쓸데없는 소릴 하니 짜증난다니까."

아이짱도 짜증이란 말에 힘을 주며 말하더니 휘두르고 있는 내 양손을 '아자아자!' 라고 춉을 먹여 떨어뜨린다.

"그렇지! 내가 말하고 싶은 게 그거라고."

나는 손가락을 브이자로 해서 아이짱의 공격을 막으며 말한다.

"요즘 날씨가 이상하지 않아? 오늘처럼 한여름도 아닌데 이렇게 더운 날이 있는가 하면, 내일 예보는 어쩌면 영하라고 하잖아. 이상기온이네, 이상기온."

"그런 건 이상한 포즈 취하지 말고 그냥 말해!"

아이짱이 내 손가락 사이에 끼워져 있던 손을 억지로 돌리며 말했다.

호오!? 이, 이건 예상외의 반격……. 아야, 아파! 부러진다고, 내 손가락 부러지겠네!

얘가 무슨 짓을 하는 거야.

내가 빨개진 손가락 사이에 호~호~ 입김을 불며 눈물을 글썽이자,

"확실히 최근 들어 날씨가 이상한 것 같아요. 제가 직업실습으로 병원에 갔던 날부터 갑자기 추워지거나 더워지고."

컴파는 뭔가 생각하는 것처럼 손가락을 턱 밑에 괴고 말했다.

"내가 학교 식당에서 폭식한 날이네. 점심 방송에서 계속 덥다고 했고. 느와르도 기억나지?"

"그랬었지. 솔직히 말해서 넵튠이 엄청나게 먹어대는 걸 보고 질려버린 것 외에는 기억이 안 나는데······."

느와르는 5분 사이에 세 번째로 한숨을 내쉰다. 아무래도 오늘은 대화를 나눌 기분이 아닌 것 같다고나 할까, 손발이 잘 안 맞는 것 같아.

아, 그렇구나. 이것도 이 더위 때문인가. 역시 이럴 때는 슬그머니 달라붙어 더욱더 따뜻하게 해주려던 그때!

나는 뭔가를 깨닫고는 팔짱을 끼고 고개를 끄덕인다.

"그래서 말인데, 이상기온에 대항하기 위해 우리들의 비밀 기지에 새로운 장비······ 에어컨을 도입해야 한다고 이 네푸네푸 참모는 생각합니다!"

도입부인 날씨 이야기에서 시작해 물 흐르는 것처럼 자연스레 본론을 말했다. 아직도 살짝 저려오는 손가락 사이의 아픔은 작은 희생이라고 쳐 두자.

"우리 '다른 세계 교류위원회'의 설비를 충실하게 하는 건 세계의 평화와 안정에도 기여하는 중요한 일이라고 생각하는데, 어떻게 생각해?"

"또 제멋대로 이상한 위원회나 만들고……. 세계 평화는 무슨, 네가 거기에 늘어져 있고 싶은 거겠지. 거기다가 벨의 방보다 넓은 장소에 놓을 에어컨을 살 돈은 어디서 구할 건데?"

"어차피 벨의 용돈을 노린 거겠지만, 어려울 거야. 어제 학원 밖에서 교회까지 광케이블과 제대로 된 전선을 연결하는 데 이번 달 용돈을 전부 썼다고 했으니까."

하지만 내 혼신의 에어컨 도입 계획은 아이짱과 느와르의 콤비네이션 어택으로 발표한 지 10초 만에 무너져 버렸다. 이, 이럴 수가…….

게다가 여전히 벨의 행동은 내 계획 이상으로 대담해서 깜작 놀란다니까. 정말이지, 어떻게 허가를 받은 걸까.

"네푸푸, 에어컨은 실패인가!"

뭐, 벨의 대담한 돈 자랑에 매번 깜짝 놀라서야 몸이 남아나지 않으니 그건 넘어가고, 나는 입을 삐쭉 내밀었다.

"네푸네푸의 마음은 이해하지만, 실망하지 않아도 돼요. 비밀 기지는 숲 속이라 시원한 바람이 불어서 괜찮아요. 추워지면 기숙사 방에 남은 코타츠를 가져오면 되고요."

팔짱을 낀 채로 축 늘어져 있던 내 머리를 쓰다듬으면서 컴파가 말했다.

"으음, 그건 그렇네……."

컴파는 무슨 말을 해도 '치유의 오오라'같은 게 뿜어져 나와, 손을 통해 나에게 전해지는 것 같다. 튀어나온 입도 자연스레 들어간다.

그래, 에어컨은 어쩔 수 없지. 그리고 에어컨 말고도 아직 기지에는 추가하고 싶은 새로운 장비들이 있고. 어디 뭐가 있나 생각해 보자. 역시 두 번째 후보는 아이스크림이랑 주스를 가득 넣을 수 있는 냉장고일까.

그렇게 긍정적인 방향으로 생각을 바꾸려던 그때였다.

주변에서 '딩동~뎅동~'하고 교내 방송을 알리는 차임이 울리더니,

"학장 마제콘느다. 여신 후보과의 넵튠, 느와르, 벨, 블랑 네 명. 그리고 간호과의 컴파, 에이전트 양성과의 아이에프…… 지금 부르는 여섯 명은 전부 서둘러 학장실까지 오도록. 다시 한 번……."

울려 퍼지는 방송은 최근에 퇴원해서 학장 업무에 복귀한 마제콘느 선생이었다.

우리를 부르는 방송이 끝나자, 기숙사나 집으로 돌아가려는 학생들이 흘끔흘끔 우리를 바라보는 걸 느낄 수 있었다.

"호출됐네요."

"아아~. 아까 막 수업이 끝났는데. 지금부터 놀러 가고 싶은데~"

겨우 컴파가 해 준 '치유의 쓰담쓰담'으로 기분이 풀렸는데 거기에 찬물을 뿌리는 호출. 내 입은 또 삐죽 튀어나왔다.

"투정 부리지 마. 학장이 직접 부르는 거니까 분명히 중요한 일일 거야. 가자. 아까 말했던…… 뭐였더라? '다른 세계 교류위

원회'? 의 활동은 세계 평화와 안정에 기여한다며."

"아니야 느와르. 장비를 보충하는 게 중요하단 말이야."

"학장의 일을 넵튠이 제대로 처리해 주면 에어컨 이야기를 들어줄지도 몰라."

"오오! 그럼 가자. 빨리 가자."

나는 빙글 한 바퀴 돌아 빙글 교사 쪽으로 향했다.

그런 나를 보고 아이짱과 컴파가 쿡쿡 웃는다.

"느와르도 네프코 다루는 방법을 터득했구나."

"느와르 씨랑 네푸네푸가 그 정도로 친해졌다는 거죠."

잠깐만요. 시끄러워. 비밀 기지에 에어컨을 설치하는 게 중요한 포인트니까 빨리 움직이자고! 하나 둘, 하나 둘!

그렇게 내가 앞장서 학교 건물로 돌아가려고 했던 그때였다.

갑자기 등 뒤에서 살짝 바람이 스쳐 지나가는 듯한 느낌이 들더니,

"겨우 찾았다!"

방금 전의 방송보다 더 커다랗게 주위에 울려 퍼지는 소리와 함께, 내 등 뒤로 무언가가 돌진한다!

"네, 네풋?!"

갑작스럽게 일어난 일이라, 발에 힘을 줘 견디는 것만으로는 버틸 수 없었다.

이대로라면 양손을 만세 자세로 번쩍 든 채로 일 미터 정도 뛰어올라 단단한 땅바닥에 이마부터 쾅 하고 부딪히는 코스! 그

건 안 된다고, 안돼~(머릿속의 울림).

이제 틀렸다고 마음을 먹은 그 순간이었다.

땅바닥까지 30센티미터를 남겨 두고 내 이마에 급브레이크가. 무의식적으로 발에 힘을 준 건가? 긴급 상황에서 네푸력 발동?

…… 은 아닌 것 같아. 정신을 차려 보니 내 가슴과 배를 뒤에서 누군가가 끌어안고 있었어.

아이짱? 느와르? 누군지 모르겠지만 고마워, 고마워.

이마에 거대한 혹을 달고 학장실에 가지 않아도 돼서 마음을 놓은 순간, 상황은 다시 순식간에 전개.

내 몸을 끌어안고 있던 양손이 이번에는 내 몸을 빙글 한 바퀴 돌리는 거야. 학교 건물이 빙글 돌아 시야에서 사라져 간다.

그 대신 내 눈앞에 보이는 건,

"으음, 너는……."

누구지?

거기에 보이는 건 아이짱도 느와르도 아닌, 낯선 소녀였다.

그 여자아이는 몇 번이고 어깨를 들썩이며 가만히 내 얼굴을 바라보더니 놓았던 손을 이번에는 내 어깨 위에 올리고는,

"다행이야, 무사했구나……. 보고 싶었어…… 언니!"

나를 보고 생긋 미소를 지으며 말했다.

……뭔가 이상한데.

네 이마에서 빛나는 땀과 들썩거리는 어깨로 봐서는, 아마도 네가 뒤에서 엄청난 스피드로 달려와 나를 넘어지게 한 게 확실

한 것 같은데. 그 정도는 나라도 추리할 수 있다고.

그런데 왜 아무 일 없다는 듯이 '무사했구나'라고 말하는 건데.

…… 그게 아니라.

잠깐잠깐, 기다려. 돌진했다느니 넘어졌다느니 그런 문제는 아무래도 상관없는데. 이 아이, 지금 뭔가 굉장한 이야기를 하지 않았나?

"아아, 언니! 이 삐죽삐죽 튀어나온 머리카락도 똥글똥글한 눈도 탱글탱글한 뺨도 전부, 전~부 언니잖아!"

앗, 또 말했다. 두 번 말했다!

'언니'라고.

언니라니…… 그 언니겠지? 언니라는 말에 다른 뜻도 있는 건 아니지만.

나는 나를 '언니'라고 부르는 그 아이를 다시 빤히 바라봤다.

내가 언니라면 이 아이가 내 동생일 텐데, 그런 것 치고는 나보다 키가 큰데…….

머리카락 색은 비슷하네. 아, 머리장식도 비슷한 것 같아. 내 얼굴을 자세히 바라본 적은 없지만, 눈가는 좀 닮았…… 나?

하지만 그것만 가지고는 뭐라고 말할 수 없다.

이 설정을 잊어버린 분들도 있을지 모르지만, 나는 컴파가 날 줍기 전의 기억이 없거든. 아, 그렇다는 건 반대로 저 아이의 말에 신빙성이 있다는 건가? 아니야, 그래도 간단하게 '네, 맞아요'라고 할 수도 없잖아!

갑자기 일어난 사건에 머릿속이 복잡해져서, 나도 모르게 이렇게 말해 버렸다.

"내가 네 언니라고? 다른 사람이랑 착각한 건…… 아니고?"

그리고 일 초 뒤, '말하지 말걸'이라고 나는 생각했어.

그도 그럴 게 내가 그렇게 말한 순간, 그 아이는 마치 눈앞에서 세계가 끝장난 것 같은 표정을 짓더니

"너무해……."

라고 속삭이고는, 눈에서 커다란 눈물을 똑똑 흘리기 시작했거든.

그 눈물에 내 패닉 게이지는 순식간에 꼭대기까지 올라갔다.

으아! 어떻게 하지, 어떻게 하지! 울리려고 할 생각은 저~~~언혀 없었는데!

아아아아, 운다. 울어. 계속 울잖아. 이, 이럴 때는 어떻게 하면 되지? 으음, 처음 보는 사람이랑 자연스레 이야기를 하기 위해서는……. 그렇지, 인사! 그리고 대화의 시작은 날씨 이야기부터!

"하하하. 으, 으음, 안녕! 나는 넵튠이야. 오, 오늘은 너무 더워서 짜증이 날 정도네~."

나 어떻게 됐나 봐.

그때까지 나와 그 아이의 곁에서 숨을 죽이고 상황을 지켜보

던 느와르, 컴파, 아이짱, 세 사람의 입에서 동시에 '하아'라고 한숨인지 말소리인지 모를 무거~운 소리가 들린 순간, 나는 제정신을 차렸다.

하지만 때는 이미 늦었다.

위로의 말을 할 틈도 없이 그 아이의 눈에 건설된 두 개의 댐이 완전히 무너지는 상황을 보고만 있을 뿐.

"흑흑…… 언니…… 너무해…… 우아아아앙!"

그 아이는 털썩, 하고 바닥에 무릎을 꿇고는 나를 '언니'라고 부르며 배에서 쥐어짜내는 듯한 큰소리로 울기 시작했다.

그때 내가 느꼈던 건 엄청난 죄책감이었어.

이건 아무리 봐도 내가 잘못한 거야…… 잘못한 거지. 하지만, 갑자기 언니라고 불러봤자…… 아니 이건 변명이 아니라…….

아아, 진짜 이게 다 뭐람! 울고 싶은 건 나라고! 도대체 뭐야!

STAGE 1

1

"네프기어, 뒤쪽이야! 조심해!"

조금 떨어진 곳에서 언니의 목소리가 들려, 나는 뒤를 돌아봤다.

돌아본 순간 '적'이 가지고 있는 커다란 총구가 나를 노리고 있는 걸 느끼고

"하아앗!"

나는 손에 들고 있던 전용무장 'M.P.B.L.(멀티플 빔 런처)'을 근접전 모드로 맞추고, 기합 소리와 함께 어깨에서 허리로 휘두른다.

나를 노리고 있던 총구가 슈욱, 금속이 녹아내리는 소리와 함께 발 아래로 떨어진다.

나는 틈을 주지 않고 손에 들고 있던 M.P.B.L.의 칼날을 일직선으로 '적'의 본체에 찔러 넣었다.

"괜찮아, 네프기어? 방심하면 안 돼."

어느 새 내 뒤에 등을 맞대고 서있는 언니가, 날카로운 목소리로 말했다.

"으, 응!"

나도 주의를 기울이며 대답했다.

활발하고, 노는 걸 좋아하고, 푸딩을 좋아하는 보통 때의 언

니와는 달리 지금의 언니는 진한 보라색의 전투용 코스튬과 거기에 맞춘 강화 파트 - 프로세서 유닛 - 를 장비한 진지 모드다.

나도 마찬가지. 하얗고 연한 보라색으로 내 전용으로 조정된 '라일락'형 코스튬과 프로세서 유닛을 장착한 상태로 '변신' 중. 거기에 M.P.B.L.로 완전 무장했다.

지금의 나는 지상에 살고 있는 보통 사람들에 비해 몇 십 배나 강한 전투 능력을 가지고 있다. 언니로 말할 것 같으면, 나보다도 훨씬 강하다.

자랑하고 싶은 건 아니지만 우리 자매를 당해낼 상대는 이 세계를 다 뒤져도 없지 않을까…… 라고 생각했지만…….

"언니…… 숫자가 너무 많아."

지금 우리 자매는 지금까지 경험한 적 없는 힘든 싸움을 하고 있었다.

몰려오는 '적' - 커다란 금속제 공 정중앙에 새빨간 눈알처럼 보이는 센서가 있는 코어 유닛부터 이동, 공격, 방어 등 다양한 기능이 있는 머니퓰레이터가 여러 개 달린 침입자 격퇴용 가디로이드까지 - 의 대군이 우리들 두 사람 주변을 빙글빙글 돌고 있다.

그 숫자는 백여 개 이상, 그것도 지금 우리들이 있는 플로어에 보이는 숫자만이다.

이 백여 개를 모두 부숴도 플로어를 나가면 다시 몇백 개, 어쩌면 몇천 개가 기다리고 있다고 생각하니…….

한 대씩 없애 버린다면 어렵지 않은 상대지만 이래서야 끝이 없어…….

상대는 지치지 않는 기계 몸. 그에 비해 우리들은 코스튬과 프로세서 유닛으로 강화했다고는 해도 평범한 몸. 언젠가는 지쳐서 꼼짝할 수 없는 때가 온다.

"분명 이대로라면 소모전이겠지. 네프기어, 일단 물러나자."

그건 언니도 확실히 알고 있는 것 같았다. 어깨를 서로 기댄 채로 나에게 얼굴을 살짝 기대 속삭이듯이 말한다.

"하, 하지만 물러선다고 해도……."

어디로? 내가 그렇게 물어보려고 하기도 전에 언니가 말했다.

"우리가 여기에서 한동안 시간을 끈 덕분에 잇승이 시스템의 컨트롤을 약간은 뺏어냈어. 그 덕분에 작전이 생각났고. 지금은 나를 믿어."

"정말로? 아, 알았어. 언니가 그렇게 말한다면야."

"그럼, 내가 신호를 보내면 눈앞에 있는 녀석에게 최대 출력으로 M.P.B.L.을 발사해. 사선 위에 격벽이 있지만 그것도 같이 날려 버려."

"그, 그리고?"

"내키지는 않지만 도망가야지. 날려 버린 격벽을 통해서 온 힘을 다해서 도망쳐. 어디로 갈지는 나중에 내가 지시할게."

"해, 해볼게. 최대 출력이지."

"그래, 그럼 준비해!"

언니의 말에 따라 나는 근접전 모드로 세팅했던 M.P.B.L을 원거리 전투 모드로 바꾸고 출력도 최대로 해 놓았다. 다음에 방아쇠를 당기면 아까 사용했던 빔 칼날과는 비교도 안 될 정도로 출력이 높아 커다란 전함도 일격에 파괴할 수 있는 굉장한 빔이 M.P.B.L에서 나오게 된다.

대신 최대 출력으로 한 번 발사하고 나면 에너지를 재충전하지 않는 이상 작은 기술도 쓸 수 없지만······.

그래도 망설임은 없었다. 지금처럼 변신하면 세계에서 제일 믿음직한 언니가 '작전이 있어'라고 말했으니까.

변신을 하지 않을 때에는 장난꾸러기에다 잠꾸러기고, 게임만 하고, 간식을 마구 먹어대다가 만족하면 행복한 얼굴로 다시 잠에 빠지는 언니지만, 변신을 하면 마치 다른 사람 같다.

언제나 냉정하고, 용기 있고, 근사하고······ 이건 상관없으려나. 어, 어쨌거나 그런 언니가 뭔가 생각이 있다면 나는 믿고 따르는 수밖에 없어.

"준비 끝났어 언니!"

"알았어! 쏴!"

내가 방아쇠를 당기는 것과 동시에 M.P.B.L에서 열과 빛이 쏟아져 나왔다!

발사의 반동으로 자세가 흐트러지려 하는 걸,

"조금만 더! 힘내!"

뒤에서 언니가 응원해 준다.

포신이 녹아버리기 직전까지 충전된 에너지를 모두 뿜어내자 나와 언니의 앞에 있던 가디로이드 수십 대가 흔적도 없이 사라지고, 그곳만 터널이 뚫린 것처럼 길이 생겼다.

"지금이야! 전속력으로!"

언니가 그렇게 외치고는 내 등을 밀었다. 나는 플라이트 유닛을 겸한 프로세서 유닛의 출력을 한번에 올려, 마치 내가 탄환이 된 것 같은 기세로 터널로 향했다.

"언니도 빨리!"

"알았어! 뒤돌아보지 마! 앞을 똑바로 보고 날아야 돼!"

앞을 보고 날아라.

언니의 말대로 나는 계속 날았다.

가끔씩 쫓아오는 가디로이드들의 머니퓰레이터에서 비 오듯 쏟아지는 총탄 소리에 섞여 '거기서 오른쪽!', '다음은 아래!', '왼쪽으로!'라고 언니가 짧게 지시하는 소리가 들려온다.

언니의 지시에 의지해 얼마나 날았을까, 정신을 차리자 내 눈앞에는 굳게 닫힌 단단한 문이 보였다.

"거, 거짓말. 언니, 길이 막혔어!"

"괜찮아. …… 잇승, 도착했어. 문을 열어 줘."

문을 올려다보며 내가 그렇게 말하자, 조금 지쳤는지 괴로운 기색이 있는 언니의 목소리가 뒤에서 들려 왔다.

동시에, 눈앞의 문이 천천히 좌우로 열린다. 언니가 말한 대로 잇승이 원격 조작을 하는 것 같다.

"네프기어, 빨리 안으로 들어가."

"응."

한 명 정도 지나갈 수 있는 틈이 생기자 나는 문을 빠져나갔다. 바로 뒤에 언니가 쫓아오는 기척이 들리더니,

"괜찮아 잇승. 문을 닫아."

다시 들려오는 언니의 목소리. 문은 쿵 하고 무거운 소리를 내며 다시 닫혔다.

그리고 닫힌 문 저편에서 몇 번이고 귀에 거슬리는 금속음이 들려온다.

가디로이드들이다. 나와 언니를 쫓아온 가디로이드들이 문을 힘으로라도 열려고 문에 부딪쳐 온다.

겨우 한숨 돌렸다고 생각했는데. 언니, 다음에는 어떻게 하면 되지……?

나는 참을 수 없어 뒤를 돌아봤다. 그리고 저도 모르게 '아앗!'하고 소리를 질렀다.

"언니!"

내 눈에 코스튬도 프로세서 유닛도 엉망진창이 되고 몸 여기저기에 상처가 난, 지금이라도 쓰러질 것만 같은 언니의 모습이 들어왔다.

"언니…… 왜……."

그렇게 물어보고 나서야 알게 되었다.

아니, 어째서 지금까지 알지 못했을까.

언니의 지시와 동시에 그렇게나 귀에 울리던 총소리. 무수한 탄환이 나를 향해 쏟아졌을 텐데, 내 몸에는 스친 상처조차도 없었다.

잘 생각해 보면 불가능한 일이다. 게다가 나보다도 훨씬 강한 언니가 이렇게 힘들어할 리가 없다.

그렇다면 이유는 하나.

"왜 그런 표정이야, 네프기어. 아직 끝나지 않았어."

"하, 하지만 언니…… 나를 계속 감싸서…… 이럴 수가."

"동생을 지키는 건 언니의 역할이야. 당연한 일이라고. 그리고 네프기어도 알고 있잖아. 지금 나에게는 제대로 된 무기가 없어. 하지만 네프기어 너에겐 이 M.P.B.L이 있잖아. 너는 최후의 카드야."

"그래도 이렇게 될 때까지…"

나를 위해 이렇게 다치다니.

가슴이 저려 오는 느낌에 눈물이 계속 흘러나온다.

"울면 안 돼. 그럴 여유가 없어. 정신 차리고 주변을 봐."

언니는 한쪽 다리를 끌며 천천히 내가 있는 곳까지 걸어오더니 굳어 있는 내 어깨를 끌어안으며 말했다.

"여기는 천계의 최하층. 아주 먼 옛날…… 어쩌면 잇승도 모르는 정말 옛날에 천계에서 지상에 내려갈 때 쓰던 거대한 배가 있던 장소야."

"배······?"

언니, 갑자기 무슨 말을 하는 거야.

지금 있는 곳은 전에 언니와 함께 몰래 지상에 놀러갈 때 봤던 커다란 야구장 정도 넓이의 장소였다. 이 정도로 넓다면 옛날에 배를 대 놓았을 수도 있겠지. 그런데 왜 지금 그런 말을 하는 거야?

"여기라면, 가디로이드들을 전부 가둬놓을 수 있을 것 같지 않아? 녀석들을 전부 여기로 끌어들여서 문을 닫아 버린다면 두 번 다시 나올 수 없어."

"앗!"

"그렇지? 좋은 생각이지?"

언니는 그렇게 말하고는 살짝 웃었다.

"하지만 어떻게?"

"위를 올려다 봐. 저 위에 작은 창이 튀어나온 곳이 보이니?"

내가 물어보자 언니는 높은 천장의 한구석을 가리켰다. 눈을 돌리자 언니가 말한 대로 작게 튀어나온 창 같은 것이 보인다.

"저 창으로 들어가면 관제실이 있어. 너라면 저 창까지 날아갈 수 있고. 거기서 잇승의 지시를 기다려."

"그럼 언니랑 같이 갈래."

"안돼. 네 프로세서 유닛도 지금까지 싸워온 데다 아까 비행까지 해서 터지기 직전이야. 지금 네가 나를 안고 날아가는 건 힘들어."

"그, 그럼 언니는 어떻게 할 건데?"

"녀석들을 여기에 끌어들이려면 미끼가 필요해. 나한테 아직 그 정도의 힘은 남아 있어."

"안돼! 언니는 지금 몸이 말이 아니니까!"

어떻게 할 거냐고 물어봤을 때, 반 이상은 예상했던 대답. 그래도 나는 소리 지를 수밖에 없었다.

"맞서 싸운다고는 해도 제대로는 못 싸울 거야. 이 정도나 넓으니까 놈들이 몇 천대나 들어와도 도망칠 공간은 있어. 그렇게 도망가다가 녀석들을 전부 가두면 잇승이 어떻게 할지 생각해 줄 거야. 이것도 작전이라고. 전혀 문제없어."

문제없기는! 그런 건 절대 안 돼!

라고 말을 하려다가 간신히 참았다. 참을 수밖에 없었다. 언니가 그렇게 결정한 거라면 내가 무슨 말을 해도 듣지 않을…… 걸 금방 알 수 있다.

"무모한 짓 하면 안 돼."

내가 말할 수 있는 건, 그런 위로조차 되지 않는 한마디였다.

그래도 언니는 다시 생긋 웃고는,

"괜찮아, 나한테 맡겨."

다정스레 내 머리를 토닥토닥 다독이며 말했다.

"시간이 없어. 서둘러."

"…… 정말로 무모한 짓은 하지 마. 약속했어!"

"응, 약속할게."

나는 동생. 넵튠 언니의…… 동생. 동생이니까 언니의 말에 따르는 건 당연해.

언니를 누구보다도 잘 알고 있어. 언니는 절대로 약속을 깨지 않아. 그러니까 나는 그때도 언니를 믿고 혼자서 관제실로 향했다.

"…… 이 뒤의 일은 너에게 맡길게. 네프기어."

등 뒤로 언니의 목소리를 느끼면서.

하지만 나는 이때만은 언니의 말을 듣지 않는 나쁜 동생이어야 했다. 반항기라고 생각해도 상관없다. 불량스러워졌다고 생각해도 상관없다.

관제실이라고 한 장소에서 그런…… 그런 광경을 볼 줄 알았다면, 오버히트하든 말든 억지로라도 언니를 끌고 갔어야 했다.

내가 천장의 작은 방에 도착한 것과 동시에, 우리들이 처음에 돌파했던 튼튼한 문이 열렸다.

즉시 가디로이드들이 일제히 몰려들어왔다. 그 숫자는 계속 늘어나 셀 여유조차 없다.

언니가 가디로이드에 맞서 싸운다. 아니, 필사적으로 도망친다. 나는 기도하는 마음으로 그걸 지켜봤다. 언니가 말했던 '잇승의 지시'를 계속 기다렸다.

나는 어떻게 하면 되는 거야? 어떻게 하면 언니를 구할 수 있어?

잇승, 빨리, 빨리 지시를 내려줘!

하지만 아무리 기다려도 잇승에게는 아무런 연락도 오지 않는다. 내가 몇 번이고 몇 번이고 M.P.B.L.에 장치된 통신기를 향해 외쳐도 아무런 대답도 없다.

가디로이드들의 수는 늘어만 간다. 계속 늘어난다.

이제 날아다닐 힘밖에 남지 않은 언니는 계속해서 벽으로 몰린다.

안돼! 두고 볼 수 없어! 언니를 구하러 가야 해! 지금이라면 아직 언니를 안고 여기까지 돌아올 수 있어.

그렇게 생각하고 관제실을 나가려던 순간이었다.

하늘이 보였다.

새파란 하늘과, 몇 개인가의 하얀 구름이 눈앞에 나타났다.

내가 내려다보고 있던 곳을 둥글게 도려낸 듯한 하늘이.

"언니! 언니!!"

그렇게 외치는 순간, 언니의 말이 머릿속을 맴돈다.

"천계에서 지상에 내려가기 위한 거대한 배가 있던 장소야."

지상에 내려가기 위한 배. 내려가는 배…….

바닥이 열렸다. 여기서 배가 지상으로 출발하기 위해서는 바닥을 열 수밖에 없다.

그러면, 바닥에 서 있는 언니는 어떻게 되는 거야? 언니, 지금은 날 수 없잖아?

내 등에 식은땀이 흘렀다. 정신없이 관제실의 문을 열려고

했다.

하지만 열리지 않았다. 나갈 수 없었다. 들어갈 때는 그렇게 쉽게 열렸던 입구가 아무리 애를 써도 열리지 않는다.

그러면 창을 통해서! 하지만 온 힘을 다해 두들겨도 꿈쩍도 하지 않는다.

"그렇다면 M.P.B.L.로!"

무모한 일이었다. 내가 언제나 손질해 최상의 컨디션을 유지하고 있던 M.P.B.L.도 최대 출력으로 발사해 에너지가 떨어진 이상 그저 평범한 막대기일 뿐이다.

그러고 있는 사이에…… 언니가 떨어져 간다.

가디로이드들을 길동무 삼아, 자신의 몸을 희생해…….

어째서지?

문을 연 것도 바닥을 연 것도 분명히 잇승 씨일 거야. 나를 여기에 가둔 것도 언니와 잇승 씨가 정한 일이겠지.

이제 자신이 날 수 없다는 것도, 나에게 언니를 끌어안고 날아갈 힘이 없다는 것도 전부 알면서.

어째서?

알고 있다. 나를 구하기 위해서. 이대로 계속 싸워서 둘 다 힘이 다하는 것보다는 자신을 희생해 나를 구하는 걸 선택했기 때문이다.

바보! 나는 바보야!

언니에 대해서는 전부 알고 있는데. 언니가 이럴 때 무엇을 우선으로 생각하는지 알고 있는데. 알고…… 있는데…….

얼굴을 눈물로 적셔 가며 나는 몇 번이나 언니의 이름을 불렀을까. 얼마나 외친 걸까.

여느 때라면 바로 '그래그래~'라며 활기찬 목소리로 대답해 주던 언니. 내 제일 소중한 사람은 거짓말처럼 푸른 하늘 저편으로 사라져 버렸다. 나를 남기고는 멀리 가 버렸다.

–그게 지금으로부터 2년 전의 일.

그래서 나는…….

Ⅱ

지상에 내려간 순간, 강한 바람이 내 머리카락을 흐트러뜨린다. 그 다음으로 물이 어딘가에 부딪쳐 흩어지는 소리와 바다의 향기가 느껴진다.

위화감을 느끼며 눈을 뜨자, 나는 출발 전에는 전혀 상상도 못한 장소에 서 있었다.

"여, 여긴 어디?"

저도 모르게 중얼거린다.

어디 보자…… 왜 눈앞에 바다가 있지? 확실히 지상으로 향

하는 전송 게이트에 들어갈 때에는,

"전송 목표는 플라네튠 주의 주도 하네다 시티의 변두리로 설정했습니다."

라고 잇승 씨가 말하지 않았나?

나도 출발하기 전에 지상에 대한 건 가능한 한 미리 배워 뒀으니까. 목표인 하네다 시티는 전에 언니와 함께 '시찰'로 몰래 왔을 때 본 바로는 굉장한 대도시였는데······.

"그런데 왜 바다 위에 서 있는 거지!?"

그래, 여기는 바다 위다.

정확하게는 해안에서 제법 떨어져 있는 장소에 톡 튀어나온 바위 위다. 그래서 바다 냄새가 나고 파도 소리가 들리는 거였구나.

아니아니, 이러고 있을 때가 아니잖아. 전송 좌표가 엄청 빗나갔다고!

나는 당황해서 어깨에 비스듬히 매고 있는 여행도구로 가득 찬 숄더백 안에 손을 집어넣었다.

"아아, 팬티는 됐어! N기어······ N기어는 어디 있지······."

N기어는 휴대용 게임기형 만능 디바이스······ 쉽게 말하면 가지고 다닐 수 있는 작은 고성능 컴퓨터다.

이건 통신도 할 수 있고 현재 위치도 조사할 수 있는 편리한 도구야(언니는 거의 고성능 게임기로밖에 사용하지 않았지만).

확실히 지상에 내려가면 바로 꺼낼 수 있도록 위에 놔뒀는데.

으아아, 당황하면 찾던 물건이 잘 나오지 않는다는 게 정말이로구나.

예전에 천계 도서관에서 언니와 함께 지상의 애니메이션을 봤을 때 주인공이 주머니에 넣어 둔 물건을 찾을 수 없어서 엄청 당황하는 장면이 있었지.

"한 번 심호흡을 하고 나서 찾으면 되잖아."

라고 과자 먹으면서 냉정하게 딴죽을 걸어서 미안해!

…… 음? 아, 그렇지. 심호흡! 심호흡을 하고 진정한다. 바로 그거야, 네프기어!

후우~ 하아~

이렇게 마음을 진정하면 문제없다고. 가방 뒤에 달린 주머니에 넣어놨던 걸 기억해내고는 안도의 숨을 내쉰다.

후우~다행이다. 설마 과거에 자신이 했던 딴죽으로 도움을 받을 줄이야.

어쨌거나 나는 무사히 N기어를 가방에서 꺼내 전원 스위치를 켰다.

메인 화면에서 위치 정보 어플을 기동해 현재 위치를 검색하면, 바로 오차를 알 수 있을 거야…… 어디 보자.

짜잔! 나왔습니다!

'목표 좌표와의 오차. 남쪽으로 400킬로미터입니다.'

뭐라고오!

바위에 부딪치는 파도 소리가 커다랗게 들려오는 것만 같았다.

뭐어어어어~!? 400킬로미터라니 뭔가 잘못된 거 아니야? 그렇지?

방금 전에 심호흡으로 진정된 마음은 어디로 갔는지, 나는 몇 번이고 어플 화면을 새로고침해서 다시 계산한다. 하지만 결과는 변하지 않는다.

맵까지 확인을 해서 알아낸 건, 아무래도 여기는 사방이 바다로 둘러싸인 절해의 고도라는 것.

전송 장치가 망가졌나? 아니면 잇승 씨가 좌표 입력을 잘못한 건가?

"어, 어쩌지……."

바다 위에서 섬의 해안으로 눈을 돌리자 시선 저~어 편에 보이는 모래사장에서 작은 배가 한 척 바다로 나가려 하는 게 보였다.

조금 놀란 건, 묘하게 칼라풀하고 울퉁불퉁한 실루엣의 로봇 같은―그래, 애니메이션이나 게임에 흔히 나올 법한 '정의의 거대 로봇'같은 게 바다를 향해 배를 밀고 있다는 거야.

저 로봇은 사람이 타고 조작하는 건가? 배에는 어부가 타고 있겠지.

그러면 무인도가 아니라 사람이 살고 있는 섬이라는 거로구나.

사람이 있다면 이야기도 들을 수 있을 테니 여기서 하네다 시티에 가는 방법을 알 수 있을지도 몰라.

　나중에 생각해 보니, 역시 그때 나는 동요하고 있었다.

　사람이 있다는 사실에 조금은 안심했지만, 바로 N기어로 천계에 있는 잇승 씨와 연락해서 원래 갔어야 할 장소로 다시 재전송했으면 될 것을.

　하지만 당시의 나는 거기까지 생각할 여유가 없어서…….

　"좋았어, 우선은 섬에 상륙하자. 조금만 날면 분명히 마을이 보일 거야."

　자신을 격려하듯 그렇게 말하고 섬으로 가기 위해 변신하려던 그때였다.

　갑자기 방금 전까지 불고 있던 바닷바람과는 전혀 다른, '쿠우우!' 하고 드래곤이 울부짖는 것 같은 소리와 함께 굉장한 돌풍이 바다에서 내 등으로 밀려왔다.

　앗! 하고 정신을 추스렸을 때에는 이미 늦었다.

　그 뒤의 일은 잘 기억나지 않는다.

　몇 번인가 수면 위로 고개를 내밀려 했지만 비스듬히 메고 있던 가방끈이 꼬여 왼손이 빠지지 않는 바람에 어찌할 수도 없었다.

　허둥지둥하는 사이에 숨을 쉴 수 없게 돼서 물을 먹은 모양이다.

　눈앞이 점점 어두워지면서 고통이 밀려온다.

뭐가 뭔지 모르겠지만 이제 끝난 건가? 막연히 그런 생각을 하면서 나는 의식을 잃었다.

III

눈을 뜨자, 나는 네모난 방에 누워 있었다.

"어, 어라라? 여긴 어디지. ……낯선 천장이 보이는데."

설마 나 죽은 거야? 혹시 여기는 사후 세계!? 갑자기 그런 생각이 들어 무심코 가슴에 손을 대 봤다.

후우, 하고 입에서 한숨이 흘러나온다. 가슴에 얹은 손에서 내 심장이 두근두근 규칙적으로 뛰고 있는 게 느껴진다.

아무래도 죽은 건 아닌 모양이야. 그렇다면 도대체 여기는…….

다시 같은 의문이 머릿속에 떠올랐을 때. 저편에서 파도 소리가 들려왔다.

파도 소리…… 바다?

그렇지, 바다! 나, 바람에 떠밀려 바다에 떨어졌었지!

기억이 돌아오자 나는 상반신을 일으켰다.

그리고 내가 그냥 바닥에서 자고 있었던 게 아니라 제대로 이불 위에 누워 있었다는 것을 처음으로 알아챘다. 가슴 언저리에서 부드러운 감촉의 타올 담요가 떨어진다.

"누군가 날 도와줬구나."

나는 타올 담요를 들고 중얼거리면서 지금껏 누워 있던 방을 둘러봤다.

넓지는 않아도 깨끗한 방이었다. 그 중에서 제일 신경이 쓰이는 건 바닥이다.

살짝 노란색이 섞인 어떤 섬유로 짠 모양이다. 풀이려나? 이불에서 손을 뻗어 만져보자 까끌까끌하면서도 울퉁불퉁한 감촉이 있어 계속 만지고 싶은 느낌이었다. 거기다가 볕이 잘 드는 기분 좋은 가을 풀밭에 서 있는 듯한 향기가 희미하게 풍겨 온다.

바닥 외에도 신경 쓰이는 건, 방을 지탱하는 기둥도 천장도 유리가 끼워진 창틀도 전부 나무로 만들었다는 거다. 아무래도 나는 나무와 풀로 만든 방 안에 있는 것 같았다. 이런 방은 천계에서는 한번도 본 적이 없다.

신기해서 두리번거리던 내 눈에 바닥이나 천장보다도 신경 쓰이는 게 눈에 들어왔다.

저, 저건 설마! 방구석에 놓인 상자같이 생긴 건 서, 설마. 천계에서는 로스트 테크놀로지라고 부르는 브라운관 텔레비전!?

괴, 굉장하다! 정말로 화면 밑에 채널을 돌리는 손잡이가 있잖아! 나 실물은 처음 봐!

조, 조금만 만져 봐도 될까? 괜찮을까?

자신이 지금 어떤 상황에 처해 있는지 확인하는 것도 잊어버리고 무릎으로 일어나 그 '눈앞에 나타난 전설'이라고 할 만한 박물관급의 명품에 다가가려고 하던 때였다.

갑자기,

"들어갈게."

라는 목소리와 함께 덜커덩 하고 바람이 창문을 흔드는 것 같은 소리가 났다.

나는 심장이 톡 떨어질 정도로 놀라서,

"우아아아! 죄, 죄송해요! 아직 만지지 않았어요! 망가뜨리지 않았다고요! 귀중한 물건이라는 건 알고 있지만 너무너무 궁금해서! 죄송합니다!"

라고 소리치며 타올 담요를 뒤집어쓰고 이불 위에 웅크렸다.

목소리의 주인공이 방에 들어오는 발소리가 들려오고는, 내 앞에서 멈춘다. 부스럭, 누군가가 이불을 움켜쥐는 걸 느낄 수 있었다.

"죄송해요, 죄송해요! 서, 설마 중요문화재라든지 세계유산인 건 아니겠죠!? 하지만 정말로 만져보려고만 했지 아직 손은 안 댔어요!"

"도대체 무슨 소리를 하고 있는 거야? 역시 바다에 떨어질 때 머리를 부딪쳤나……. 잠깐만 좀 진정해 봐."

"죄송합니다. 죄송합니다. 죄송합니다~!"

"정말이지! 진정하라고!"

머리부터 발끝까지 울리는 듯한 커다란 목소리가 들리더니 타올 담요가 벗겨졌다. 어깨를 잡힌 순간, 붉은 빛이 도는 두 개의 눈동자가 내 얼굴을 살핀다.

"정신 차려! 이제 괜찮으니까!"

"꺄악?!"

지금 괜찮다고 했지? 내가 텔레비전을 만지려고 해서 화난 건
아니지?

나는 몇 번이고 눈을 깜박거리며, 내 얼굴을 응시하는 누군가
를 바라봤다.

여자아이 한 명이 내 앞에 있었다.

나이는 나와 비슷하려나. 웨이브가 진 긴 흑발을 좌우로 늘
어뜨려 검은색과 파란색, 하얀색의 라인이 들어간 리본으로 묶
었다.

내 어깨를 붙잡고 있는 수수하고 얇은 반팔 셔츠 사이로 보이
는 새하얀 팔도 가늘고 부드러워 보인다.

머리카락이 까맣고 윤기가 흐르는 만큼 새하얀 피부가 돋보인
다. 그래서인지 이번에는 하얀 피부와 대비되는 붉은빛 눈동자가
인상적으로 느껴졌다.

이 검은 머리카락과 하얀 피부의 여자아이는 화를 내는 대신,
걱정스러운 표정으로 나를 바라보고 있었다.

"저, 저기…… 텔레비전 때문에 화난 거 아닌가요?"

나는 조심스레 물어봤다.

"텔레비전이라니 무슨 소리야. 혹시 자고 있는 사이에 이상
한 꿈이라도 꾼 거야? 아니면 설마 기억장애라도 있는 건 아니겠

지……."

그 아이는 걱정스러운 표정을 심각한 표정으로 바꾸고는 말했다.

나는 그 표정을 보자 방금 전까지의 당혹스러움이 진정되고, 그 대신 미안한 마음이 밀려오는 걸 느꼈다.

"괘, 괜찮아요. 이제 아무렇지도 않아요. 진정됐어요."

나는 당황해서 여자아이의 말을 가로막고 말했다.

"그래? 그런 일을 당한 뒤고, 당황스러운 건 이해해. 너, 기억 나니?"

표정을 누그러뜨린 여자아이는 내 어깨에서 손을 떼고 다다미 (라고 부르는 모양이다)위에 앉아서는 내게 질문을 던졌다.

나는 고개를 끄덕였다.

"진짜 깜짝 놀랐다니까. 저녁 반찬거리를 잡으러 배를 띄웠는데 갑자기 브레이브 선생이 '바위에서 여자아이가 바다에 떨어졌다!' 라고 소리를 지르는 거야."

"브, 브레이브?"

"응? 아아~ 나랑 같이 너를 구조한 사람 이름이야. 그래서 급히 배를 물에 띄워서 정신을 잃은 너를 건져낸 거지. 힘들었다니까."

"그, 그럼 그…… 브레이브…… 씨랑 당신이 저를 구해준 건가요?"

"그래, 나는 유니. 브레이브 씨와 함께 네 생명의 은인이야. 고마워 하라고."

유니, 그게 이 아이의 이름인 것 같다.

아아, 정말로, 나는 진짜로 바보라니까. 생명의 은인에게 실례 되는 생각을 하다니.

"폐를 끼쳐서 정말로 죄송합니다. 아, 늦었지만 제 이름은 네프기어에요. 유니 씨, 도와줘서 정말로 고맙습니다."

나는 이불 위에 무릎을 꿇고 앉아 손을 바닥에 짚고 깊이 고개를 숙였다.

"으아아아…… 그렇게 나오면 오히려 내가 민망하잖아. 네프기어라고? 보기에는 나랑 나이 차이도 별로 안 나는 것 같은데, 그렇게 예의 차리지 않아도 돼. 몸이 배배 꼬인다고."

이번에는 유니라는 여자아이가 당황해서 손을 내저으며 말했다.

"하, 하지만 그럴 수는……."

"뭐 어때! 도와준 내가 그렇게 말하는 거니까 상관없잖아?"

"그, 그럼…… 도와줘서 고마워. 유니…… 짱"

"'짱'이라고 붙이는 것도 뭔가 근질근질하지만, 그럼 됐어."

부끄럽다는 듯이 유니짱은 목 뒤로 손을 갖다 대더니 머리카락을 긁적거리며 말했다.

(유니짱, 인가)

그 모습을 보며 나는 속으로 이름을 중얼거린다. 그러자 나도 모르게 가슴이 포근해지는 느낌이 들어 자연스레 웃음이 흘러나온다.

"왜, 왜 웃는 건데!"

"응? 아, 어쩐지 기뻐서. 나 지금까지 비슷한 나이의 친구가 없었거든."

"친구라니, 만나자마자 거기까지 진도가 나가는 거야?"

"시, 싫어?"

"싫다기보다는……. 아아, 됐어! 하지만 자기 이름도 말할 수 있고 말도 그 정도로 할 수 있다면 문제는 없어 보이네. 나만이 아니라 다른 사람들도 이부자리를 펴고 의사를 부르고 하느라 이래저래 힘들었으니, 고맙다는 인사는 해 둬."

"응, 알았어."

조금은 무뚝뚝한 구석이 있긴 해도 유니짱은 착한 아이 같다.

그리고 어쩐지 예전부터 어딘가에서 만난 적이 있는 것 같은 그런 느낌이 든다(얼굴을 보지도 않고 정체 모를 무서운 사람이라고 제멋대로 생각한 건 죄송합니다).

"그럼 가 볼까."

유니짱의 말에 나는 일어났다. 그 순간 묘하게 하반신이 시원한 느낌이 들어 아래를 내려다보자,

"꺄, 꺄아아~~! 이런 차림으로!"

그도 그럴 게 정신을 차려보니 위에는 긴 소매 셔츠 한 장에다가, 아래는 그…… 패…… 팬티 한 장. 부끄러워라.

"어쩌지."

"당연하지만 네가 입었던 원피스랑 속옷은 흠뻑 젖어서 지금은 빨아서 널어 놨어. 젖은 옷을 입힐 수는 없잖아."

뭘 그렇게 놀라느냐는 말투로 유니짱이 말했다.

"옷도 유니짱이 갈아입힌 거야?"

"그래, 셔츠는 내 교복 여분, 동복이지만. 그러면 치마도 빌려 줄게. 체형이 비슷해서 다행이야. 치마는 머리맡에 네 물건과 같이 놔뒀어."

유니의 말을 듣고 붉어진 얼굴로 이불 머리맡을 보니 두 번 개어 놓은 심플한 남색 스커트가 있었다. 그 위에 있는 건 내 N기어다.

나는 재빨리 스커트를 입었다. 허리 사이즈를 조정하는 장치가 달려 있어서 움직이기 딱 좋은 부분에서 멈춘다.

"57…… 6인가. 내가 이겼네."

유니짱이 뻐기면서 말했다.

"이, 이상한 거 보지 마!"

윗옷으로 덮어 허리를 감춘 뒤 나는 옆에 놔둔 N기어를 손에 들고, 유니짱을 향해 말했다.

"저기…… 내 물건은?"

"숄더백은 옷이랑 같이 말리고 있긴 한데…… 가방이 제대로 닫히지 않았는지 안에 있는 건 대부분 바다에 빠졌어. 너를 구하는 데 정신이 팔려서 거기까지는 신경을 못 썼어."

거기까지 한번에 말하더니 유니짱은 마지막에 작은 목소리로

"미안해" 라고 덧붙였다.

"사과하지 않아도 돼!"

나는 고개를 저으며 말했다.

목숨을 살려준 것만 해도 고마운데, 짐까지 챙겨 달라고 하면 벌 받을 것 같다.

"그렇게 말해 줘서 고마워. 아, 그 게임기 같은 건 정신을 잃었어도 꼬옥 붙잡고 있더라. 소중한 물건인 것 같아서 여기 놔뒀어."

"그것만으로도 충분해."

가방 안은 갈아입을 옷이나 일용품이 대부분이었다. 지갑을 잃어버린 건 조금 충격이지만 그래도 N기어로 천계와 연락을 할 수 있으면 어떻게든 되겠지.

"그러면 다행이지만, 준비는 끝냈어? 역시 조금 더 쉬고 싶으면 그래도 돼. 내가 다른 사람들한테 말해 둘게."

"괜찮아. 신세를 진 사람들에게 인사를 해야지."

"그럼 가자, 따라와."

그렇게 말하고는 유니짱은 방의 입구에 있는 미닫이문을 열었다. 그 미닫이문은 나무 격자에 유리가 몇 장 끼워져 있었는데, 유니짱이 "영차" 하고 미는 것과 동시에 유리창이 달그락달그락 커다란 소리를 내며 흔들렸다.

"아하하, 조금 시끄럽지? 미안해. 여기는 낡은 건물이라, 여기 저기 덜그럭거리거든. 이쪽이야."

문을 완전히 연 유니짱이 뒤를 돌아보며 손짓한다.

나는 맨발로 유니짱의 뒤를 쫓아갔다.

내가 자고 있던 다다미방 밖에는 긴 복도가 이어져 있었다.

마루는 짙은 갈색으로 자세히 보니 이것도 나무판을 겹쳐서 만든 것 같았다. 마루 왼쪽은 벽으로 벽도 마루랑 비슷한 모양이었다. 반대로 오른쪽은 커다란 창이 있어 햇빛이 눈부시게 쏟아져 들어온다.

햇볕이 강해 꽤 덥다. 하지만 해가 들지 않는 마루는 시원해서 맨발로 느끼는 그 서늘함이 기분 좋았다.

"굉장히 커다란 건물이네."

나는 눈앞에 이어져 있는 복도를 바라보며 말했다.

"그야 학교니까. 어느 정도 클 수밖에."

유니짱이 앞서 걸어가며 대답한다.

"학교?"

그러고 보니 아까 유니짱이 '브레이브 선생'이라고 했지. 그리고 나에게 빌려준 옷도 '여분의 교복'이고.

"신기할 것도 없잖아. 이런 시골 섬이라고 해도 학교 정도는 있다고. 좀 낡긴 했지만 꽤 유서 깊은 명문 학교야."

"명문……."

"그렇지. 들어본 적 없어? '이스투아르 기념학원'이라고, 여기는 그 학교가 운영하고 있는 분교야."

갑자니 유니짱의 입에서 나온 단어에 놀라서, 나는 발걸음을 멈췄다.

이스투아르라니……. 그건 설마.

"왜 그래?"

갑자기 걸음을 멈추는 나를 보고, 유니짱이 뒤를 돌아 나를 바라본다.

뭐라고 대답해야 할지 몰라 입을 다물고 있으려니, 유니짱은 뭔가 이해했다는 듯 후후 하고 웃고는

"이런 낡은 시골 학교 주제에 엄청난 이름이라고 생각했지? 그도 그럴 게 이스투아르 님이니까."

이스투아르……님.

"머나먼 천계의 저편에서 지상의 만물을 통치하는 전능의 대신으로, 과거·현재·미래의 역사를 이어가며 모든 진리를 아는 위대한 사서 이스투아르 님…… 인 걸. 그런 위대한 신의 이름을 받았는데도 이 꼴이라니. 보통은 그렇게 생각하겠지."

저, 전능의 대신!? 모든 진리를 아는 사서?

그, 그렇구나……. 지상 사람들은 이스투아르……. 잇승을 그렇게 생각하는구나.

나는 뭐라고 말해야 좋을지 몰라서

"그, 그렇지 않아. 확실히 좀 낡기는 했지만, 분위기가 있는 건물인데."

라고 무난한 감상으로 얼버무렸다.

"칭찬하지 않아도 돼. 우리들도 그냥 '오오토리이 섬 분교'라

고 부르고 있으니까."

하지만 유니짱은 완전히 내 마음을 꿰뚫어보고 있는 것 같
았다.

유니짱은 조금은 장난스럽게 짐짓 꾸민 듯한 목소리로 말
했다.

나는 그 말 속에 있었던 '오오토리이 섬'이라는 이름이 마음에
걸려서,

"역시 하네다 시티가 아니구나……"

나도 모르게 그렇게 입 밖에 내서 말했다.

"하네다 시티가 아니라고?"

눈치를 채고 입을 손으로 막아도 이미 늦었다. 유니짱에게는
제대로 들린 모양으로 나는 어떻게든 얼버무려보려고 우왕좌왕.

하지만 유니짱이 말한 건,

"여기는 하네다 시티야. 네프기어는 학교에서 안 배웠어?"

라는 생각지도 못한 말을 꺼냈다.

"응?"

"플라네튠 주 하네다 시티, 오오토리이 섬. 비록 본토에서
400킬로미터나 떨어져 있는 작은 섬이지만, 여기도 주소는 분명
하네다 시티니까. 제대로 알아두지 않으면 다 커서 다른 사람들
한테 웃음거리가 된다고."

충격적인 사실이었다.

출발 전에 잇승 씨가 말했던 게 몇 번이고 머릿속에서 재생

된다.

"전송 목표는 하네다 시티의 변두리로 설정했습니다."

변두리로…… 변두리……

서, 설마 이렇게…… 저기? 아무리 '대충대충' 했다고 쳐도 그렇지, 응? 이런 일이 벌어질 가능성은 미립자 레벨이라고 생각해. 아니, 생각하고 싶어.

"기, 기억해 둘게. 고마워."

나는 굳은 미소를 띤 채 대답했다.

"지금 화제인 플라네 타워는 없지만, 그 대신 플라네 타워보다 훨씬 높은 오오토리이 산이 있으니까……랄까."

손가락을 세우고 윙크를 하며 유니짱이 말했다.

"뭐든지 오오토리이가 붙는구나."

라고 말하자

"뭐야 그건, 바보 취급 하는 거야?"

"아, 아니야! 아니야!"

"농담이야. 그렇게 심각하게 반응하지 않아도 되는데, 너는 놀리는 보람이 있네. 당황하는 포인트를 알기 쉽다고나 할까."

"너무해 유니짱."

"미안미안. ……아, 이렇게 복도 한가운데에서 이야기하고 있을 때가 아니지. 모두들 교실에서 내가 돌아오는 걸 기다리고 있어. 조금 빨리 걸을 건데 다리가 후들거리거나 하지는 않아?"

"괜찮아. 정말 괜찮아."

"오케이, 그럼 빨리 걷자!"

"복도에서 달리면 안 되는 거 아니야?"

"달리지 않을 정도로 빨리 걸으면 돼. 늦으면 안 되거든."

"응."

확실히, 이렇게 서로 통통 공을 던지는 것처럼 이야기하고 있자니 정말로 유니짱과는 옛날부터 친구인 것만 같다.

물론 그건 착각이지만, 이대로 점점 사이가 좋아져서 언젠가 이 일을 떠올릴 때는 착각이 아니었으면 좋겠어…….

유니짱과 같이 종종걸음으로 복도를 걸어가면서 한 순간 나는 지상에 내려온 목적을 잊고 그런 생각을 하고 있었다.

IV

"해냈다! 대성공!"

양손을 들고 팔짝팔짝 점프.

"…… 대성공. (생긋)"

작은 손을 가슴에 모아 조용히 짝짝짝.

그리고는 둘이 마주보고는 양손을 하이 터치. 계속해서 서로의 팔짱을 끼고 그 자리에서 빙글빙글 돌면서 점프, 점프.

마음 깊은 곳에서 우러나는 미소를 띠고, 그 아이들은 이쪽이 압도될 정도로 떠들썩하게 뛰놀고 있었다.

그 아이들은 지금 내 눈앞에 있는 작은 여자아이 둘.

분명히 쌍둥이다. 둘 다 놀랄 정도로 얼굴이 닮았다. 거기다가 둘 다 유니짱과 같은 반팔 교복이라 한층 더 구별하기가 어렵다.

차이점이라면 헤어스타일이 다른 점 정도일까?

처음에 커다란 소리를 낸 아이는 등 중간 정도까지 머리를 기르고, 귀엽게 박수를 친 여자아이는 어깨 바로 위 정도로 깔끔하게 잘랐다.

그런 생글생글 웃는 쌍둥이(만약 아니라면 그건 그것대로 굉장하지만)와는 대조적으로,

"너희들, 또……."

유니짱은 내 옆에서 꼭 쥔 양손을 부들부들 떨면서 무서운 얼굴을 하고 있었다.

"유, 유니짱. 머리……."

나는 유니짱의 머리를 가리켰다. 유니짱의 머리 위에는 천계 도서관에서만 봤던 골동품 아이템, 칠판지우개가 얹혀 있었다.

그 칠판지우개에는 탄산칼슘 분말을 물로 반죽해 만들었다고 하는, 천계에서는 이제 실물을 볼 수 없는 필기도구인 '분필' 가루가 남아 있었는지, 윤기가 흐르는 유니짱의 머리는 그 가루 범벅으로 굉장한 모습이 됐다.

어쩌다가 이렇게 됐는지 설명하기 위해 시간을 조금만 되감아 보면.

"여기가 내 교실이야. 모두들 여기서 기다리고 있어."

긴 복도를 돌아나오자 발을 디딜 때마다 끼익끼익 소리가 울리는 계단이 있었다. 그 계단을 세 층 올라가니 다시 나온 복도에 있는 교실 앞에서 유니짱은 말했다.

"우리 오오토리이 섬 분교의 최상층. 운동장 쪽으로 난 창가에서 바다가 내려다보이는 제일 전망이 좋은 곳이야. 들어가자."

나를 향해 웃으면서 입구의 미닫이문을 한번에 열었다.

다음 순간, 퍼억 하는 소리와 함께 유니짱의 머리에 칠판지우개가 떨어져 하얀색과 분홍색 가루가 기세 좋게 여기저기 날려서…… 이렇게 된 거야.

"…… 쓸데없는 장난이나 하고! 람! 롬!"

"꺄아! 유니짱이 화낸다!"

"…… 화낸다. (흑흑)"

머리가 하얗게 된 유니짱은 소리를 지르며 떠들썩한 쌍둥이들을 붙잡기 위해 교실로 돌진했다.

쌍둥이들은 얌전히 붙잡힐 생각은 없는 모양으로,

"거기 서, 람!"

"아하하하, 싫어! 롬짱, 도망쳐!"

"…… 람짱이 도망가니까 나도 도망갈래."

거리를 좁혔다 떨어지기를 반복하며 그렇게 넓지 않은 교실을 종횡무진으로 돌아다닌다.

나는 그 활기에 압도되어, 멍하니 입구에 서서 가만히 그 모습을 보고만 있었다.

(어디 보자. 저쪽의 머리가 긴 아이가 람짱이고…… 짧은 아이가 롬짱, 인가?)

쌍둥이들의 떠들썩한 소리와 유니짱의 화내는 소리로 그걸 알게 된 것 정도일까.

그건 그렇고, 이 술래잡기는 언제까지 계속되려나. 이대로 가만히 보고만 있으면 끝없이 계속될 것만 같다.

이렇게 나만 뻘쭘하게 서 있는 것도 재미가 없으니 나도 같이 해볼까…… 라고 생각하던 때였다.

"얘네들이 또……. 정말이지."

내 바로 뒤, 유니짱이 열었던 교실 입구에서 갑자기 다른 목소리가 들려왔다.

"꺄악!"

내가 놀라서 돌아보자, 유니짱이나 람짱보다도 훨씬 긴, 무릎까지 자란 풍성한 머리를 늘어뜨린 여자가 서 있었다.

"아, 저기…… 이건 말이죠."

어째선지 내가 이 사람에게 사정을 설명하려고 우물주물하고 있자, 그 사람은 끼고 있던 빨간 테 안경을 왼쪽 손가락으로 들어올리더니

"설명하지 않아도 돼요. 언제나 있는 일이거든요."

오른손으로는 나를 제지하면서 말했다.

그리고는 가볍게 숨을 들이쉬고는,

"세 명 다 거기까지 해 두세요."

짝짝, 박수를 치며 말했다. 그렇게 커다란 목소리로 말한 게 아닌데도, 그 목소리는 이상하게도 이 소동 속에 묻히지 않고 교실 안에 울려 퍼진다.

그와 함께 그때까지 일초도 가만히 있지 않았던 세 명이 마치 게임의 포즈 버튼을 누른 것처럼 움직임을 멈췄다. 띠리링~ ♪ 이라든지, 띵동~♪ 같은 짧은 소리가 들릴 것 같다.

"세 명 다, 손님 앞에서 부끄럽지 않나요? 오오토리이 섬 분교 학생은 밖에서 온 손님에게 인사도 하지 않는 아이들이라고 남들이 생각해도 좋아요?"

계속해서 여자가 말한다. 그 엄청 부드럽고 차분한 목소리는 굳어 있는 세 명에게 말하는 것 같았다.

"미나짱, 또 선생 같은 말을 하네!"

포즈 해제, 그리고 시간은 움직인다?

람이 여자를 가리키며 이야기한다.

"선생 같은 게 아니라 선생이잖아요. 여기서는 '미나짱'이 아니라 '미나 선생'이라고 부르라고 했죠?"

이 사람, 선생이었구나.

확실히 자세히 보면 입고 있는 옷도 둥근 소매 블라우스에 랩 스커트고 낮은 힐도 신고 있어서 유니짱의 교복 차림과는 다르다.

분위기도 어른스러워.

"죄송합니다. 저는 이 오오토리이 섬 분교의 교사로, 이 아이들의 담임을 맡고 있는 니시자와 미나라고 합니다."

그 여자는 람에게 가볍게 주의를 주면서 나를 향해 고개를 숙였다.

"소란을 부려서 죄송해요. 바로 인사를 시키겠습니다."

"아, 아니에요……."

연상(이겠지?)의 사람이 이렇게 갑자기 고개를 숙여 내가 당황해 하고 있으려니,

"네, 저는 제대로 인사했잖아요? 롬도 람도 자기소개도 못하는 한심한 꼬마들은 아니겠죠?"

고개를 숙인 미나 씨는 람과 롬을 향해 말했다.

그러자,

"흥! 나는 꼬마가 아닌걸! 자기소개 정도는 제대로 할 수 있어. 그렇지? 롬."

"할 수 있어. (끄덕끄덕)"

어처구니없다는 듯 입을 삐죽 내밀며 람이 말한다. 미나 씨의 수법에 넘어간 게 미나 씨가 말하는 '꼬마'같았지만 귀여우니까 봐 줄 수 있다.

"람이야! 잘 부탁해."

"…… 롬, 이에요. (우물쭈물)"

응, 역시 내가 생각했던 대로, 활기찬 아이가 람이구나.

롬은 낯을 가리는 타입인가? 아까까지 유니짱 상대로 떠들썩했던 것과는 달리 람의 등 뒤에 반쯤 숨어 작은 목소리로 이름을 말했다.

"잘 부탁해. 내 이름은 네프기어라고 해. 람짱, 롬짱."

경계하지 않도록, 나도 웃는 얼굴로 인사를 했다.

"…… 네프기어짱. (빤~히)"

"그래, 네프기어야. 잘 부탁해, 롬짱."

노력해 봤지만 롬짱은 나와 교실바닥을 몇 번이고 교대로 바라보더니 다시 람 뒤에 숨어버린다.

"아, 롬은 그……. 소극적인 아이니까. 기분 나쁘게 생각하지 마."

침울해하고 있는 나에게, 유니짱이 말을 건다.

처음 보는 거니까 어쩔 수 없지. 응.

"응, 아, 그런데 유니짱. 머리는 괜찮아?"

마음을 가다듬고 내가 물어보자,

"괜찮을 리가 없잖아. 진짜로. 둘 다 잘 기억해 두겠어!"

머리에 묻은 가루를 어떻게든 떼어내려고 악전고투하고 있는 유니짱. 롬짱과 람짱을 향해 눈을 번뜩인다.

"네프기어 씨였죠. 떠들썩한 아이들이라 죄송합니다."

그걸 본 미나 씨가 다시 사과를 한다.

"아, 아니에요. 폐를 끼치기는요. 제 목숨을 구해 주셨는

걸요."

나는 당황해서 그렇게 말했다.

"유니와 브레이브 선생에게 이야기를 들었을 때는 놀랐지만, 별일이 없어서 다행이네요."

미나 씨는 교실에 놓여져 있는 의자를 가져와 나에게 권하면서 웃었다.

"저야말로 떠들썩하게 해서 죄송해요. 그런데 브레이브 선생은 어디 계신가요? 유니짱과 함께 저를 구해줬다고 들었는데. 꼭 고맙다는 인사를 하고 싶어요."

"브레이브 선생은 밖에 있어."

의자에 앉으며 내가 물어보자 미나 씨가 아닌 유니짱이 그 질문에 대답해 주었다.

"바, 바깥?"

"응, 지금 불러올게."

그렇게 말하고는 람은 교실 창가로 달려가 기세 좋게 창문을 열고는,

"브레이브 선생! 물에 빠진 아이가 감사 인사를 하고 싶대요! 이쪽으로 와 주세요!"

창 밖으로 몸을 내밀고는 큰 소리로 외쳤다.

아, 그렇구나. 저쪽은 운동장이구나. 아래에서 뭔가 일을 하고 있는 걸까.

신경이 쓰여서 나도 의자에서 일어나 창가로 향했다.

람이 보고 있는 방향으로 얼굴을 돌리자 거기에는

"꺄아아악!"

나는 저도 모르게 괴상한 소리를 내 버렸다.

하지만 어쩔 수 없다고 생각해.

누구라도 학교 운동장에 묘하게 화려한 거대 로봇이 책상다리를 하고 앉아 있으면 놀랄 거라고.

그것도 그 거대 로봇이,

"오오, 그래. 그거 다행이네."

라고 람짱의 목소리를 듣고 일어나 철컹철컹 땅을 울리는 소리를 내며 이쪽으로 다가오면……

그때 나는 기억이 되살아났다.

저 로봇의 실루엣, 내가 서 있던 바위에서 봤던 배를 바다로 밀던 로봇과 같아.

그렇다는 건 그 배에 타고 있던 사람이 유니짱이고, 브레이브 선생은 저 로봇!?

"정신을 찾은 건가. 음, 얼굴색은 좋은 것 같군. 다행이야."

크, 크다.

가까이에서 본 브레이브 씨는 압도당할 정도로 컸다.

유니짱이 이 교실은 학교 가장 위층에 있다고 말했지만, 창의 높이와 브레이브 씨의 눈……. 메인 카메라라고 말해야 하나? 어찌됐건, 둘의 높이가 같았다.

"아하하, 깜짝 놀란 것 같네."

"…… 네프기어짱의 눈, 굉장히 동그래. (후후)"

예상외의 전개에 입을 쩍 벌리고 서 있는 내 얼굴을 흘깃 바라보며 람과 롬이 웃었다.

"이런 몸이라 여기서 이야기할게. 나는 이 학교에서 섬의 아이들에게 체육을 가르치고 있는 브레이브 더 하드라고 해. 간단하게 브레이브라고 불러 줘."

"아, 아 저기. 저, 저는 네프기어라고 해요. 이번에 위험에 빠진 절 도와주셔서 정말로 고맙습니다."

실례가 되지 않도록 긴장하면서 나는 그 자리에서 고개를 숙였다.

"고맙다는 말은 유니에게 하도록 해. 내 센서 아이보다 먼저 네가 바다에 떨어진 걸 알아냈으니까. 어찌됐건 무사해서 다행이야. 안심했다."

"시, 신세를 졌습니다."

이 목소리, 어디에서 나오는 걸까? 기계를 증폭한 것 같은. 메아리가 울리는 브레이브 씨의 목소리가 교실에 울려 퍼진다.

저, 정말로 이 사람…… 이 아니라, 이 로봇이 브레이브 씨구나. 다른 사람이 조종석에서 이야기하는 게 아니구나.

"브레이브 선생은 세계에서도 희귀한 로봇형 생물체야."

내 궁금증이 나도 모르는 새 표정에 나타난 것 같다.

그걸 금세 알아챈 듯, 유니짱이 가르쳐 줬다.

"로봇형 생물체……."

"그래, 라스테이션에 있는 록인지 스톤인지 하는 이름의 로봇형 생명체가 보물 사냥꾼을 하고 있는 건 꽤나 유명하잖아. 어라? 메가 뭐라는 이름이었던가? 들어본 적 없어?"

아쉽게도 그런 이름은 들어본 적이 없다.

그리고, 브레이브 씨의 체격으로 봐서는 모험가보다는 우주로부터의 침략자를 상대로 싸우는 게 좋을 것 같은데.

전투기나 초특급열차랑 합체하던지.

솔직하게 브레이브 씨에게 그 이야기를 하니,

"그런 이야기를 자주 들어. 실제로 검이나 캐논포 같은 무장도 있고."

그렇게 말하고는 호쾌하게 웃는다.

"무장은 태어날 때부터 딸려 있나요?"

"그런 종족이야. 선조들 중에는 마물이나 괴물과 싸운 용사도 있다지만 나는 보는 바와 같이 평범한 체육 교사야. 부끄럽게도 예전에는 나쁜 친구들과 불량스러운 짓을 한 적도 있지만 어떤 사람이 도와줘서 나쁜 친구들과 함께 갱생했지."

"흔히 말하는 '불량아 출신'선생이네."

유니짱이 그렇게 끼어들자,

"그렇게 부르지 말아 줘."

겸연쩍다는 듯, 커다란 손가락으로 이마의 좌우에 달려있는 훌륭한 뿔(안테나인가?)을 긁적거리는 브레이브 씨. 그 동작이 자연스러워서 정말로 로봇 생명체로구나 라고 납득하게 된다.

"그럼 자기소개도 끝났으니 이야기를 듣고 싶은데 괜찮은가요, 네프기어 씨?"

라고 미나 씨가 말을 걸어온다.

"네."

내가 고개를 끄덕인 그 순간이었다.

교실에 '꼬르륵~'하고 이상한 소리가. ……이상한 소리라고 본인이 말하는 것도 부끄럽지만, 그건 내 배에서 나오는 소리였다.

"으아아."

눈치를 채고 배를 누른 순간, 모두의 웃음소리가 들려왔다.

"이야기는 점심을 먹고 나서 해도 좋을 것 같네요."

미나 씨가 손으로 입을 막으며 말했다.

"와아! 그럼 모두 같이 밥을 먹자!"

"…… 나도, 배고파. (부끄)"

람과 롬의 목소리가 겹쳐서 들려온다.

"식욕이 있으면 다행이네."

"그건 다행이지만 네프기어, 소리가 너무 큰 거 아니야?"

브레이브와 유나도 한마디씩 한다.

나는 모두의 웃음소리에 둘러싸여 한동안 새빨개진 뺨을 감싼 채로 움츠러들었다.

우아앙! 이럴 때 한심하기는.

STAGE 2

1

"어머, 그러면 그 행방불명이 된 언니를 찾아 여행을⋯⋯."

모두가 내 배가 꼬르륵거리는 소리를 듣게 돼 부끄러웠지만, 학교 안에 있는 가정실습실에서 미나 씨가 만든 점심식사(섬에서 난 야채가 가득 들어간 차가운 파스타였다. 굉장히 맛있어!)를 먹으면서, 나는 조금씩 내 목적에 대해 이야기하기 시작했다.

"네, 언니의 이름은 넵튠이라고 해요. 키는 저보다 조금 작고, 머리카락은 저보다 조금 진한 보라색에 옆으로 삐죽삐죽 튀어나왔고, 저랑 같은 머리장식을 하고 있지만⋯⋯. 모르시겠죠."

유니짱의 "여기도 일단은 하네다 시티야." 라는 말에 작은 희망을 걸고 물어봤지만,

"실망하게 해서 죄송하지만, 적어도 마을에서 본 적은 없네요. 여기는 정말로 작은 섬이니까요."

내 옆에 앉아 있는 미나 씨는 정말로 미안하다는 듯 고개를 저었다.

"하지만 언니가 이 섬에 있는 건 확실하겠지? 그도 그럴 게 일주일에 한번밖에 없는 페리를 타고 이런 시골 섬까지 올 정도니까."

접시에 곁들이로 나온 방울토마토를 손으로 집어 먹으면서 테이블 건너편에 있는 유니짱이 말했다.

"페리?"

라고 되물은 뒤에 나는 황급히 입을 다물었다.

"왜 그래?"

"아, 아무것도 아니야. 야채가 잇새에 끼어서. 그, 그렇지. 페리를 타고 왔어. 응응."

아, 큰일날 뻔했다.

아무리 그래도 처음 보는 사람에게 "나 사실은 천계의 전송 게이트를 타고 지상에 왔어." 라고 말할 수 없잖아. 갑자기 그런 말을 해 봤자 믿어주지도 않을 거고.

"그럼, 어제 배로 여기에 막 도착했겠네."

라고 미나 씨가 말한다.

나는 고개를 끄덕일 수밖에 없었다. 어쩔 수 없다곤 하지만 구해준 사람들에게 거짓말을 하다니, 마음이 아프다.

"그런데 언니의 행방에 대한 단서는 그 외에는 없어? 섬의 어딘가에 있을 것 같다든지."

내가 마음속으로 모두에게 '미안해요'라고 사과를 하고 있는 중에 유니짱이 다시 질문을 해온다.

으음, 이것도 거짓말을 할 수밖에 없겠어.

"서, 섬에 있을지 어떨지…… 사실은 잘 몰라. 그, 그 하네다 시티에 있다는 것 정도밖에 몰라서."

자연스럽게, 가능한 한 자연스럽게 보이기 위해 대답했다.

"…… 그렇구나. 간단히 말하면 단서는 없다는 거네. 그거 힘들겠는데."

잠시 후, 유니짱은 방울토마토의 꼭지를 손끝으로 만지작거리며 말했다. 아무래도 잘 속여 넘긴 것 같다. 정말로 미안해…….

하지만 안심하기엔 아직 일렀다.

"아, 그렇지. 하나 더 물어볼 게 있는데. 왜 그런 데에 서 있었던 거야?"

재빠르게 유니짱이 세 번째의 질문을 던진다.

"아으!?"

나도 모르게 이상한 소리가 나왔다. 그, 그렇지. 거짓말을 하나 더 할 수밖에 없었다.

유니짱이 '그런 데'라고 한 건, 물론 그 바위 이야기겠지.

언니를 찾아 페리를 타고 온 아이가 바다 위에 있는 바위에 멍~하니 서 있다니, 확실히 누가 생각해도 부자연스러운 시추에이션이다.

"그, 그게…… 나도 기억이 잘 안 나……."

난처한 나머지 나온 말은 내가 생각해도 믿어주기 힘든 말이었다.

거짓말은 좋지 않구나. 거짓말을 하나 하게 되면 점점 거짓말이 커지게 된다. 나 자신이 점점 나쁜 아이가 되는 것 같아.

"기억나지 않나요?"

미나 씨가 내 말을 확인하듯 물어봤다.

그리고는 유니짱과 얼굴을 마주보더니 다시 내 얼굴을 빤히 처다본다.

그 시선이 따갑다.

아, 이제 안 되겠어. 믿어주지 않더라도 사실을 이야기하는 게 좋지 않을까…… 라고 생각했을 때였다.

"제대로 식사도 하게 돼서 마음을 놓았는데, 한번 의사에게 진찰을 받아보는 게 좋을 것 같네요."

가만히 내 얼굴을 바라보며, 미나 씨는 생각지도 못했던 말을 했다.

"바다에 떨어질 때 머리를 부딪혔을지도 몰라요. 일시적이라고는 해도 산소 결핍이었기도 하고. 그런 사고가 원인으로 기억장애가 발생하는 건 흔히 있는 일이니까요."

아아, 그렇구나. 그런 패턴도…… 아니, 납득하면 안 되지!

이대로라면 점점 이야기가 복잡하게 된다고. 이제 말하자. 믿어주지 않아도 돼. 진실을 이야기하자.

음, 으음, 일단은 사과해야겠지. 그리고는 제대로 설명을 하고…… 머릿속으로 어떻게 할지 생각하자.

하지만 나는 진실을 이야기할 수 없었다. 말하려고 한 건 사실이지만. 그런데

"역시 그렇지. 롬짱도 그렇게 생각하지."

"생각해. (끄덕끄덕)"

그때까지 우리들의 재미없는 대화에 끼어들지도 않고, 유니짱 옆에서 사이좋게 파스타를 먹고 있던 람짱과 롬짱이 한 말이 그

때까지 머릿속에서 생각하고 있던 걸 전부 날려 버렸다.

"저기, 네프기어의 언니 이름이……. 넵튠 이라고 했지? 그 이름, 나 어디선가 들어본 적이 있는 것 같아."

"……나도, 그런. 것 같아. (안절부절)"

두 사람의 이야기를 들은 순간, 나는 저도 모르게 자리에서 일어났다.

"자, 잠깐 네프기어."

너무나 기세 좋게 일어났는지, 유니짱이 깜짝 놀라 소리를 질렀다. 하지만 그때의 나는 롬짱과 람짱 외에는 눈에 들어오지 않았다.

"언제!? 어디서 들은 거야!?"

몸을 테이블 위로 기울이고는 나는 두 사람에게 물어봤다.

"아, 으음…… 어디였더라? 으음…… 안되겠어. 기억이 안 나. 저기, 롬짱은 기억나?"

"…… 아니, 나도 기억아 나지 않아. (도리도리)"

"부탁이야! 기억해 봐!"

나는 손을 가슴위로 모으며 말했다. 마음을 억누를 수 없어 목소리가 커진다.

"…… 꺅! (부들부들)"

갑자기 내가 커다란 소리를 내서 깜짝 놀란 롬짱이 옆에 있는 람짱에게 기대고는 나에게서 얼굴을 돌린다.

"…… 네프기어짱 무서워. (흑흑)"

"…… 아."

실수했다. 나는 자신의 일만 생각하고…….

"롬짱을 괴롭히면 생각이 나도 알려주지 않을 거야!"

람짱이 양손을 벌려 롬짱을 감싸고는 내 얼굴을 노려봤다.

"미, 미안. 그럴 생각은 아니었어. 언니에 대해 뭔가 알고 있을지도 모른다고 생각해서 그만……."

그 강한 시선에 나는 어깨를 축 늘어뜨리고 다시 의자에 앉았다.

"괴롭히려고 한 건 아니야. 미안해 롬짱."

람짱의 어깨 너머 젖은 눈으로 나를 보고 있던 롬짱을 향해 나는 다시 사과했다.

내 마음을 알아준 건지, 롬짱은 고개를 끄덕이고는

"…… 알았어."

작은 목소리로 그렇게 말했다. 그것뿐만이 아니라

"…… 나도 람짱도 언니가 있어. 언니가 갑자기 어딘가로 가버리면 나도 슬플 거야."

나를 배려하는 듯한 말을 해 주었다. 이렇게 작은 아이인데, 나를 걱정해 주다니…… 다정한 배려에 가슴이 뜨거워졌다.

"그렇구나. 롬짱과 람짱에게도 언니가 있구나."

나는 말했다.

그러자,

"나도 언니가 있어. 내 언니랑 이 아이들의 언니, 둘 다 본토에 있는 학교 본교에 다니고 있어."

굳어진 분위기를 부드럽게 하려는 듯, 유니짱이 밝은 목소리로 말했다.

의외의 공통점이었다. 우리 모두 동생들이구나.

"내가 롬은 아니지만 나도 네 마음이 이해가 돼. 하지만 그런 건 그렇게 조급해하거나 골몰하지 않는 게 좋아."

"응, 그렇구나. 고마워 유니짱."

"벼, 별로 칭찬받을 만한 것도 아니라고……."

내가 고맙다는 말을 전하자 유니짱은 갑자기 고개를 돌리더니 조금 남아있는 파스타를 포크로 돌돌 말아 입에 넣었다.

"유니짱은 부끄럼쟁이로구나."

"뭐어!? …… 정말이지! 지, 진지한 얼굴로 그런 얘기는 꺼내지 마."

그제서야 겨우 롬짱과 내 얼굴에 웃음이 돌아왔다. 미나 씨도 다행이라는 듯 한숨을 내쉬고는

"그런데, 네프기어 씨는 이제부터 어쩔 건가요? 한동안 섬에 머물면서 언니를 찾을 건가요?"

변함없이 부드러운 목소리로 물어본다.

"그렇네요……."

솔직히 말해서 이 섬에 언니가 있을 가능성은 적다고 생각한다. 실수로 전송된 장소에 우연히 언니도 있어서 운명의 재회라니……. 아무리 그래도 너무 작위적이잖아.

모두와 헤어진 뒤 사람들이 없는 곳에서 잇승과 연락을 해서 하네다 시티 도심부에 다시 전송해 달라고 하는 게 좋을 것 같다.

하지만 이 전송 실수를 계기로 이렇게 유니짱과 롬짱, 람짱, 미나 씨와 브레이브 씨…… 친절한 사람들과 알게 되었는데 이대로 헤어져야 하는 것도 아쉽다.

어떻게 하면 좋을까, 내가 망설이고 있자니

"만약 언니를 찾는 동안 묵을 장소가 없다고 하면 한동안 이 학교에 있으면 어때요? 아까 유니와 있었던 그 방이라도 괜찮다면, 사양하지 말고 묵어 주세요."

미나 씨의 친절한 제안.

목숨을 구해 주고, 옷도 빌려 주고, 점심식사도 얻어먹은 데다가 잘 곳까지 마련해 주다니, 뻔뻔한 것도 정도가 있지 싶다.

"아, 안돼요! 아무리 그래도 그렇게까지 신세를 질 수는 없어요."

나는 팔과 고개를 동시에 흔들면서 말했다.

"원래 그 방은 섬 바깥에서 학교 관계자 같은 손님이 왔을 때 묵기 위한 방이에요. 한동안은 특별히 손님이 올 예정이 없어서 계속 비어 있을 거고요."

"하지만……."

"그렇게 해. 어차피 네프기어의 짐은 대부분 바다에 빠졌고, 돈도 없잖아? 갈아입을 옷은? 칫솔은?"

"없…… 어……."

"여기 있는 동안 숙박료는 공짜야. 갈아입을 옷은 내가 빌려
줄 거고, 밥 걱정도 없을 거야."

"네프기어 씨, 여기는 본토에서 멀리 떨어진 작은 섬이라 솔직
히 도시와 비교하면 불편해요. 그런 곳에서 사는 우리들에게 있
어서 소중한 건 곤경에 처한 사람을 도와주는 것과 서로 도와가
며 살아가는 마음이죠. 그러니까 사양 마세요."

나는 가슴이 먹먹해져 바로 대답을 할 수 없었다.

이 사람들은 어째서 잘 알지도 못하는 나에게 이렇게까지 해
주는 걸까.

나는 외톨이가 되는 걸 각오했다. 아무도 나를 모르는 곳에서
언니를 찾을 때까지는 아무리 외로워도 참고 견딜 거라고 생각
했다.

그런데, 이렇게 따뜻한 사람들과 만나게 되다니.

"고맙습니다. 그럼 그렇게…… 할게요."

겨우 용기를 낸 나는 그렇게 말했다.

울먹이지 않게 말하는 게 너무나 힘들었다.

ll

유니짱과 점심을 먹은 뒤,

"지금은 몸을 생각해서 쉬는 게 좋아요."

라는 미나 씨의 말에 따라 나는 학교에서 내 준 다다미방에 돌아갔다.

다른 사람들은 오후부터 보충수업이 있는 것 같았다.

"사실 오늘은 휴일이야. 그런데 얼마 전에 굉장한 태풍이 며칠간 계속됐잖아? 그래서 수업이 많이 늦어졌어……. 운이 없다니까."

유니짱이 말하는 커다란 태풍은 지상에서는 커다란 뉴스가 된 것 같았지만, 나는 최근에 지상에 무슨 일이 있었는지 전혀 몰랐기 때문에

"그, 그렇구나. 힘들겠지만 열심히 해."

진실을 이야기할 타이밍을 놓쳐 꺼림칙한 마음도 있어, 미나 씨가 권하는 대로 방으로 돌아가게 됐다.

그리고 잇승과 연락을 취해 내일이라도 다시 전송을 부탁하려고 N기어를 꺼냈을 때 최악의 사태가 일어난 걸 깨달았다.

"아……, N기어가 망가졌어."

바다에 떨어졌을 때 바닷물이 들어간 게 문제였을까, 아니면 어딘가에 부딪힌 걸까. 유일한 희망이었던 N기어의 전원이 들어오지 않는다!

나는 머릿속이 새하얘져서

"이, 이럴 수가……."

온몸에서 힘이 빠져 다다미 위에 쓰러졌다.

이 방에 돌아오기 전에

"그럼 저녁 시간에는 다시 부를게요. 텔레비전이라도 보면서 느긋하게 쉬세요. 낡았지만 제대로 나오니까요."

라고 내가 부탁하기도 전에 방에 있는 낡은 텔레비전을 만져도 된다는 허가가 떨어져 기분이 좋았는데 이거야말로 아닌 밤중에 홍두깨다.

"역시 바닷물에 빠지면 **생활 방수 정도로는 어림도 없이 고장 나는구나……**."

흔들어 봐도 두들겨 봐도 아무 반응도 없는 새까만 화면을 보면서 중얼거린다.

기대했던 텔레비전도 보지 않은 채 멍하니 밤까지 시간을 보내고 저녁 식사 뒤 학교에 있는 공구를 빌려서 분해를 해 봤더니

"아아, 역시 물이 조금 들어갔네."

고장의 원인이 침수라는 걸 알게 되었을 뿐이다.

"말려도 안 켜지니?"

"과학실에 새의 알을 따뜻하게 할 때 쓰는 부화기가 있어요."

"드라이어로 해도 되지 않아?"

걱정이 돼서 방으로 상태를 보러 온 유니짱과 미나 씨가 교대로 말하는 걸 듣고 나는 천천히 고개를 저었다.

다행히도 그렇게까지 심각해 보이지는 않는다. 쓰고 있는 부품은 대체 가능한 것도 있을 테니, 교환을 하면 어떻게든 될 것 같긴 한데.

"이 섬에, IC칩이나 트랜지스터를 파는 가게가 있나요?"

"…… 아, 아이? 애들이라면 여기 있는데."

"미나 선생, 썰렁한 개그는 그만둬요. 미안하지만…… 이 섬에는 딱 하나 있는 상점가에 할아버지가 운영하는 전파상이 있는 것 정도야."

"그, 그렇구나."

솔직하게 말해 어쩔 수 없었다.

"이 기계, 사실은 게임만 되는 게 아니라, 통신…… 그, 전화가 되는 다기능 단말기거든요. 이게 움직이지 않으면 천…… 이 아니라 집에 연락을 할 수 없어요."

"그래도 전화 정도는 된다고. 몇 년 전에 휴대전화 기지국도 들어왔고."

"아, 아니. 전화만이 아니라 소중한 데이터나 어플이나……. 어, 어쨌거나 이걸 고치지 않으면 언니를 찾기 힘들어요."

"그래도 이제부터 인터넷에서 필요한 부품을 찾아 보았자 일주일 후에나 올 거야. 페리는 다음 주에 오니까."

나는 '어쩔 수 없네'라고 한숨을 쉴 수밖에 없었다.

언니가 게임을 하다가 깨지 못한 스테이지가 나오면 '아아~막혔다~'라고 컨트롤러를 든 채로 버둥거리기 시작하는 걸 옆에서 자주 봐 왔는데, 지금 내 기분이 바로 그렇다.

"그렇게 침울해하지 마. 어차피 네프기어도 일주일간은 이 섬에서 나갈 수 없으니까. 정신 차리고 재충전하는 기분으로 느긋하게 있으라고. 본토에 돌아가서 바로 고치면 되잖아."

축 늘어진 내 어깨를 유니짱이 두들기며 말했다.

"유니짱……"

"네 언니도 그 정도는 용서해 줄 거야."

"그렇…… 겠지?"

"맞아요. 오늘은 힘든 일이 많았으니, 느긋하게 쉬도록 해요. 내일 브레이브 선생과도 상담해 보고요. 그렇게 커다란 몸에 여러 가지 기계가 들어 있으니 혹시나 어딘가 열어서 부품을 나눠 줄지도 모르잖아요?"

"그, 그건 좀 어려울 것 같은데요……."

미나 씨도 나를 위로하려는 듯 웃으며 말했다. 꽤나 대담한 발언이었지만…….

다음날 아침.

밖에서 들려오는 '좋은 아침!'이라는 활기찬 목소리에 나는 눈을 떴다. 분명히 이 학교 학생들의 목소리겠지.

…… 학교……. 그렇지, 나 학교에 묵고 있었지.

생각이 떠오르자, 나는 머리만 간단히 정리하고 밖으로 나가기로 했다. 학생들이 등교하는데 나만 늦잠을 자면 미안하기도 하고.

긴 복도를 돌아 신발장이 늘어선 입구를 통해 밖으로 나가자 제일 먼저 눈에 들어온 건 브레이브 씨의 커다란…… 커다란 발이었다.

"좋은 아침! 모두들 오늘도 활기차구나!"

"브레이브 선생은 오늘도 커다랗네!"

그 발 밑에는 람짱이나 롬짱과 같은 나이로 보이는 세 명의 남자아이가 그대로 뒤로 넘어지지 않을까 라고 생각될 정도로 있는 힘껏 위를 올려다보고 있었다. 아까 들려온 소리는 이 아이들의 목소리였다.

남자아이들은 브레이브 씨와 '우리 집 염소가 아이를 낳았어'라든지 '아빠가 이마안큼 큰 물고기를 잡았어'같은 이야기를 하면서 셋이서 서로 장난을 치며 내 옆을 지나쳐 교사 안으로 들어간다. 스쳐 지나가면서 조금 놀란 표정으로 나를 바라보았다.

그런 세 명을 모습을 뒤에서 바라보면서 나도,

"좋은 아침이에요. 브레이브 씨."

남자아이들처럼 위를 올려다보고 인사를 하자,

"네프기어구나. 좋은 아침. 잘 잤어?"

일부러 한쪽 무릎을 꿇어 시선을 아래로 향하면서(그래도, 얼굴은 위에 있지만)인사를 한다.

"덕분에요."

"그렇구나. 니시자와 선생에게 이야기는 들었어. 한동안 여기에 있게 된 것 같은데, 대환영이야. 여러 가지 사정이 있는 것 같지만 휴식이라고 생각하고 느긋하게 있어 줘."

"고맙습니다. 하지만……."

공짜로 있을 수는 없어요. 뭔가 학교 일을 도울만한 게 없을까요? 라고 어제 자기 전에 생각해 두었던 걸 이야기하려고 할 때였다.

"네프기어, 일찍 일어났네."

갑자기 옆에서 유니짱의 목소리가 들려, 나는 그쪽으로 고개를 돌렸다.

"아, 안녕 유니짱. ……그 차림새는!?"

유니짱이 입고 있는 옷이 어제의 제복과는 달라 물어봤다.

"잠수복인데?"

아무렇지도 않은 듯, 유니짱이 대답했다. 고무 같은 질감에 전신에 딱 달라붙는 슈트는 나나 언니가 변신할 때 모습이랑 비슷하지만 설마 그럴 리는 없겠고.

"그게 아니라, 왜 그런 옷을 입고 있냐는 거였는데. 머리도 젖었고……. 아, 유니짱 혹시 수영부야?"

"수영부면 잠수복은 안 입지. 전에도 말했었나? 식재료 조달이야, 식재료 조달. 한가할 때 조금씩 하고 있어."

"시, 식재료?"

"응, 이걸 써서."

이거, 라고 말하며 유니짱은 손에 들고 있는 창과 같은 물건을 보여줬다.

아니, 자세히 보면 창이 아니다. 언뜻 보면 가느다란 관 끝에 창날처럼 뾰족한 쇠가 튀어나왔지만, 관 아래쪽에 방아쇠같은

게 달려 있다.

"수중총이야. 방아쇠를 당기면 끝에서 작살이 튀어나와. 그리고 이게 잡은 사냥감. 맛있겠지?"

이거, 라고 말하며 유니짱은 줄에 엮은 커다란 물고기 몇 마리를 들어올렸다.

"나 사격에는 자신이 있거든. 이렇게 겨냥하고 타앙! '저격'이랄까."

"시, 식재료를 자기가 사냥하는 거야?"

"응, 이 섬은 자급자족이 기본이야. 그리고 이것도 수업이랄까…… 훈련의 하나니까."

"아아, 그렇구나."

수업이라니, 이 수중총으로 물고기를 잡는 게 수업? 유니짱은 어부가 되고 싶은 건가?

내가 그런 생각을 머릿속에서 떠올리고 있으려니(나중에서야 엄청나게 틀렸다는 알게 되지만)

"이것도 이 섬 특유의 교육법이라고 해야 하나. 그렇지, 만약에 흥미가 있으면 유니와 함께 한동한 학교 수업을 체험해 보는 건 어때?"

브레이브 씨가 말했다.

그걸 들은 유니짱의 눈이 반짝인다.

"그거 좋은데! 그렇게 하자. 나, 여기에 와서 비슷한 나이의 애들이랑 수업을 들은 적이 없거든. 그래, 결정했어!"

"뭐어!?"

"그럼 나, 저쪽에서 갈아입을 옷을 가져올게. 아, 교과서도 노트도 내 걸 쓰면 되니까 걱정하지 마."

"저기, 그게 아니라……. 유니짱! 유니짱!"

유니짱은 굉장한 기세로 달려갔다.

어찌할 바를 몰라 나는 다시 브레이브 씨를 올려다봤다.

"곤란하게 한 건가?"

"그건 아니지만……. 괜찮을까요? 저 같은 외부인이."

"물론이지. 유니도 말한 것처럼 이 학교에서 최상급생은 유니 한 명밖에 없어. 비슷한 나이의 학생과 같이 공부를 하는 건 유니에게도 좋은 자극이 될 거야. 나도 부탁하고 싶어."

지상 학교의 수업이 어떤 것인지 흥미가 있는 건 확실하다.

그리고 천계에 있었을 때는 언니와 둘이 있는 게 당연해서, 학교 같은 건 다닌 적이 없었고.

원래는 학교에 머무르게 해준 보답으로 뭔가 도와주려고 했으니, 이것도 어떻게 보면 도움이 되는 걸지도 모른다.

"그렇다면 좋은 기회이니 저도 여러분들과 같이 공부해 볼게요."

무엇보다, 재미있을 것 같아! 그렇게 생각하고는 나는 고개를 끄덕이며 말했다.

"좋았어. 그럼 이제부터 네프기어를 오오토리이 섬 분교의 특별 전입생으로 맞이하지. 즐겁게 지내면 좋겠어."

"네! 잘 부탁드려요. 브레이브 씨……. 가 아니라 브레이브 선생."

Ⅲ

　"오늘부터 한동안 여러분들과 함께 공부를 하게 된 특별 전입생 네프기어입니다. 그럼 네프기어, 자기소개를 해주세요."

　"네, 네프기어입니다. 취미는 어…… 저기, 언니를 보살피는 것. 특기는 기계를 개조하거나 수리하기. 그리고 어…… 아, 그래. 달콤한 음식을 좋아합니다."

　수업이 시작되기 전의 조례시간.

　미나 씨……. 아니 미나 선생의 요청으로 굳은 얼굴로 자기소개를 끝내자,

　"조금 어색했지만 첫날이니 합격이라고 해 줄까? 그럼 여러분들, 박수!"

　교실의 제일 뒷자리에 앉은 유니짱이 그렇게 말하자 교실에 모여 있는 모두의 따뜻한 박수가 쏟아졌다.

　마음을 놓은 나는 태어나서 처음으로 생긴 '급우'들의 얼굴을 둘러본다.

　제일 뒤에는 아까 말한 것처럼 유니짱. 반대로 제일 앞에는 롬짱과 람짱이 오늘도 사이좋게 앉아 있다.

그 외에는 아침에 스쳐 지나간 세 명의 남자아이도 있었다. 그리고 나보다 조금 연하로 보이는 여자아이가 두 명, 롬짱이나 람짱보다도 어린 남자아이가 한 명.

이 아이들이 같은 반 친구들이다.

그리고 놀랍게도, 이 오오토리이 섬 분교에 있는 모든 학생들이다.

특별 전입생인 나를 포함해도 전교생은 10명!

나중에 들은 바로는 옛날에는 학생들이 더 많았지만 노령화라는 게 진행되면서 어느 새 이 정도 규모가 됐다고 한다.

하지만 모두들 활기차고, 조금도 쓸쓸해 보이지 않았다.

수업도 단순히 선생의 말을 듣는 것만이 아니라 섬 이곳저곳에 나가서 여러 가지 것들을 체험하면서 공부를 하는 그런 느낌이다.

예를 들면, 학교 뒤에 있는 밭에 가서 신선한 야채를 수확하고는

"오이가 세 개에 옥수수가 세 개, 그리고 가지를 세 개 수확했습니다. 전부 합하면 몇 개일까요? 네, 람."

"간단하지! 전부 아홉 개!"

"참 잘했어요. 그럼 지난번에 공부한 구구단으로 말하면 어떻게 되죠? 그럼 롬."

"…… 삼삼은 구…… 에요. (우물쭈물)"

"정답! 마지막으로 제일 언니인 유니와 네프기어는 옥수수가

전체의 약 몇 퍼센트를 차지하고 있는지 대답해 주세요!"

"약 33퍼센트잖아?"

"좀 더 정확하게 말하면, 33.3퍼센트 아닌가."

"네, 좋아요. 산수 문제는 언니들에게는 너무 쉬운 것 같네요. 그럼 다음에는 조금 어려운 수학 문제를……."

이런 식으로 산수 수업이 시작되곤 한다.

그리고 이렇게 야채를 길러서 관찰일기를 쓰는 것도 훌륭한 과학 수업이라고 하고.

그 외에도 사회 수업이라면 섬에서 제일 오래 사신 할머니에게 섬의 역사를 물어보거나 섬 한가운데에 있는 작은 상점가에서 가게 일을 도와주거나…….

지금까지 나에게 있어 공부라는 건 혼자 책상이나 도서관에서 하는 거였으니, 체험하는 것 모두가 신선하고 재미있었다.

하지만 이런 즐거운 체험을 나 혼자서만 하는 것이 마음에 걸리는 것도 사실이었다.

(언니와 함께 한다면 분명히 몇 배나, 몇 십 배나 재미있을 텐데…….)

눈 깜짝할 사이에 하루가 지나고, 이틀이 지나고, 내가 분교의 '전입생'이 된 지 사흘째 밤.

모두 같이 섬에 있는 온천에 몸을 담근 후, 방으로 돌아가 멍하니 바깥을 바라보며 그런 걸 생각하고 있으려니

"네프기어짱, 뭐하고 있어? (빠안-히)"

귀여운 파자마를 입은 롬짱이 눈을 치켜뜨고 나를 바라봤다.

"롬짱…… 아니, 아무것도 아니야."

신경을 쓰게 하면 미안해서 나는 웃으며 대답했다. 롬짱을 보니 목욕을 한 후에 말린 머리카락이 흐트러져 있어,

"아, 이쪽으로 와 봐. 내가 머리를 빗겨 줄게."

내가 그렇게 말하자, 롬짱은 조금 부끄러워하면서도 바로 가지고 있던 파우치 안에서 손잡이 부분에 곰 얼굴이 장식된 귀여운 머리빗을 가져왔다.

"그럼, 여기 앉아."

정좌를 한 내가 무릎을 톡톡 치며 권하자, 롬짱의 작은 엉덩이가 무릎 위로 올라왔다.

"아아! 잠깐만 네프기어! 내 롬짱을 가로채지 마!"

그걸 본 람짱이 크게 소리지른다.

"잠깐! 갑자기 움직이지 마!"

뒤이어 유니짱이 람짱에게 지지 않는 큰 목소리로 말한다.

롬짱과 같은 무늬의 파자마를 입은 람짱의 어깨를 역시 같은 곰돌이 빗을 들고 있는 유니짱이 붙잡고 있다.

"아아, 유니짱 너무 못한다! 미나짱이 더 잘해 주는데."

"시끄러워, 투덜거릴 거면 직접 해."

오늘 밤은 내가 묵고 있는 방에서 파자마 파티를 하게 돼서 밤이 돼도 시끌벅적하다.

"롬짱은 괜찮아? 아프지 않아?"

"…… 괜찮아. 네프기어짱은 잘하는걸. (생글생글)"

"고마워. 언니 머리도 이렇게 목욕이 끝난 뒤에 빗겨 주곤 했어. 언니 머리카락은 빗질을 하자마자 뻗쳐서 힘들었는데 롬짱은 술술 펴져서 빗기 쉬워."

"…… 언니인데 네프기어가 해줬어?"

"응. 내가 해주고 싶기도 했고, 언니도 직접 하는 것보다 내가 해주는 게 깔끔하게 된다고 했거든."

그렇게 이야기를 하고 있으려니, 다시 머릿속에 언니의 웃는 얼굴이 나타났다가는 사라져 간다.

언니는 지금 어디서 뭘 하고 있을까.

"그렇구나, 또 언니 생각을 하고 있는 거야?"

언니와 비슷할 정도로 여기저기 맘대로 뻗는 람짱의 머리카락을 악전고투 끝에 어찌어찌 다 빗긴 유니짱이 말했다.

"응?"

어떻게 알았지? 라고 내가 물어보기도 전에

"네프기어는 생각하는 게 바로 얼굴에 드러나는 타입이니까."

유니짱은 그렇게 말하고는 장난스레 웃는다.

"유니짱한테는 못 당하겠다니까."

"행방불명된 건 아니지만, 우리들도 언니와는 떨어져 지내니까 가끔씩은 쓸쓸해. 하지만, 전에도 말했었지? 지금은 깊이 생각하지 말라고."

나는 고개를 끄덕이고는, 전부터 궁금했던 걸 물어봤다.

"유니짱도 언니랑 떨어져서 지내고 있다고 했는데, 어째서?"

다른 학생들은 오오토리이 섬 출신이지만 유니짱, 롬짱, 람짱은 이 섬 사람이 아니라는 건 지난 사흘 사이에 알게 되었다.

세 명의 언니는 본토에 있다고 하니, 같은 학교에 다니는 것까지는 아니더라도 보통은 근처에 살지 않나.

"나랑 롬짱은 미나짱이 이 섬의 선생이 돼서 같이 왔어. 그렇지 롬짱."

"…… 응, 우리들은 아직 어리니까 어른이랑 같이 살아야 된다고 해서."

"미나 선생은 두 사람의 친척 대신이기도 하거든. 우리 언니도 그렇지만 이 아이들의 언니도 학교 기숙사에 있어. 그래서 학교를 졸업할 때까지는 아이들을 맡긴 거야."

"그렇구나. 그럼 유니짱은?"

유니짱이 두 사람에 대해 자세히 설명해 줘서 사정을 알게 된 후, 내가 다시 물어보자

"나는……. 여러 가지 사정이 있어, 여러 가지."

유니짱은 갑자기 말을 흐리며 시선을 피하려 했다.

"혹시 언니랑 잘 지내지 못한다거나……?"

"너, 의외로 끈질기다?"

"미, 미안. 무신경했어."

나도 참, 방정맞게 민감한 걸 물어봤네.

"그, 그렇게 뻔히 보이게 침울해하지 않아도 돼. 이래서야 내가 괴롭히는 것 같잖아."

"…… 유니짱, 네프기어를 괴롭히면 안돼."

"괴롭힌 거 아냐……. 뭐, 네프기어네 언니 이야기를 꺼낸 건 나고, 숨길 만한 일도 아니니 말해도 상관없어."

방의 벽에 기대는 것처럼 앉은 유니짱이 손에 들고 있던 곰돌이 빗을 심심하다는 듯 흔들며 말했다.

"뭐라고 해야 할까, 우리 언니는 엘리트야."

"엘리트?"

"천재 타입이라고 해야 하나? 공부도 스포츠도 어렸을 때부터 일등인 게 당연하고, 지금도 본교에서 계속 일등이야."

"확실히 엘리트일지도 모르겠네."

"그렇지? 나는 그런 언니를 동경해서 같은 과에 들어가려 했지만, 기숙사까지 가서 언니에게 상담을 하니 '나와 같은 걸 하려고 들면 안 돼.' 라는 말을 들었어."

거기까지 이야기하고 유니짱은 눈을 내리깔았다.

"솔직히 분했어. 나는 언니를 따라갈 수 없다. 언니처럼 될 수 없다. 라는 말을 들은 것 같아서, 충격이었어."

그렇게 말하고는 입술을 깨물었다. 곧바로 "그래도" 라고 말하면서 고개를 들고는

"그때, 마침 분교에서 본토로 온 브레이브 선생을 만났어. 실의에 빠져 있는 나에게 브레이브 선생은 말했어. '그러면 다른 방법으로 언니를 뛰어넘어 보렴. 길은 하나가 아니니까.' 라고."

강한 어조로 말했다.

브레이브 선생이 그런 말을 했구나.

"그래서 브레이브 선생과 같이 여기에 온 거야?"

"쉽게 말하면 그런 셈이지. 척 보면 알겠지만 브레이브 선생은 엄청나게 강해. 우선은 언니보다 강해지려고 생각했거든. 브레이브 선생 밑에서 단련하면 틀림없을 거라고 생각했어."

"그랬구나……."

"큰 맘 먹고 환경을 바꾸는 것도 좋지 않아? 이 섬에는 도시에서는 경험하지 못하는 것들이 많이 있고."

유니짱이 마지막에는 웃는 얼굴을 보여 줘서 나는 가슴을 쓸어내렸다.

그렇구나, 여러 가지 사정이 있구나.

"그래서 언니랑 사이가 나쁘지는 않아. 가끔 메일로 연락을 주고받기도 하고. 최근에도 굉장한 성격의 신입생이 있어서 휘둘린다나."

"흐음, 어떤 사람인데?"

나도 침울한 것보다는 밝은 모습을 보이는 게 좋을 것 같아, 조금은 과장되게 깜짝 놀란 표정을 짓자

"그게, 터무니없는 사람인 것 같아."

몸을 앞으로 내밀며 유니짱이 메일의 내용을 설명해 준다.

그 신입생이라는 사람은 굉장히 쾌활해서 주변을 휘둘리게 하고 자신의 길을 향해 달려가는, 엄청나게 밝은 사람인 것 같다.

들기로는 마치 언니 같은 사람이었다.

"그리고 뭐였더라, 그렇지. 람짱의 언니가 그 사람에 대해서 쓴 메일이 있었잖아? 네가 가지고 있는 그 펜으로 조작하는 게임기로 하는 거."

"메일이 아니야."

유니짱이 말하자, 람짱이 "틀리면 안 돼." 라고 항의하며 설명해 준다. 첨부된 펜으로 그린 그림을 붙인 일기를 교환하는 기능이 게임기에 있다고 한다.

"아, 그거. 거기에 적혀 있던 거 가르쳐 줘."

"어쩔 수 없네. 그렇게 보고 싶으면 별 수 없지."

어른스러운 표정으로 금방 빗은 머리칼을 쓸어 올린 람짱이 가져온 짐 안에서 작은 휴대용 게임기를 꺼내고는,

"그럼 읽을게. 으음, '잘 지내고 있어? 미나에게 폐를 끼치고 있는 건 아니겠지? 편식하지 않고 식사는 꼭꼭 하고 있는 거지?'…… 아아~언니는 정말이지 애 취급을 한다니까."

그런 느낌으로 교환일기의 내용을 우리들에게 읽어주기 시작했다.

처음에는 언니답게 두 사람을 걱정하는 내용으로 시작해서, 드디어 소문의 신입생 이야기로 들어갔다.

"아, 이거다. '일 년 후배로, 엄청난 신입생이 들어왔어. 이름은 넵튠이라고 해.'……응?"

응?

으응?

으으응!?

"람짱! 지금 그거 다시!"

"이름은 넵튠이라고 합니다. …… 아, 이거야 롬짱! 언니의 교환일기에 적혀 있었어!"

"…… 응, 깜짝. (짝짝)"

깜짝 놀란 건 나야, 롬짱!

설마…… 설마 이런 일이…….

아, 너무 갑작스러운 전개라 갑자기 현기증이.

"…… 아, 네프기어짱!"

뒤로 쓰러진 내 몸을 롬짱이 꼬옥 안아 받쳐 줬다.

"고마워 롬짱. 괜찮아, 괜찮으니까."

"잠깐만 기다려, 잠깐만! 으음, 언니가 있는 본교에 들어온 신입생 이름이 네프기어의 언니와 같은 이름이라는 거지? 여기까지는 OK?"

OK, 오케이야. 유니짱.

"그리고, 우리가 받은 메일에 적힌 그 신입생의 성격은 네프기어의 언니 넵튠이랑 꼭 닮았고. OK?"

OK, OK입니다.

정신을 차린 내가, 고장 난 장난감처럼 몇 번이고 고개를 끄덕이자,

"지금 몇 시!?"

유니짱은 방에 있는 벽시계로 눈을 돌려 시간을 확인했다.

"밤 9시! 브레이브 선생은 안되겠지만 미나 선생이라면 아직 깨어 있을 거야. 나 잠깐 다녀올게!"

"어디 가는데!?"

"미나 선생 집이지! 네프기어는 아이들을 돌보고 있어! 부탁해!"

부탁한다고 해도 뭘?

당황하는 나에게,

"아홉 시까지는 재우라고 미나 선생이 말했다고!"

쿵쿵쿵, 복도에 산울림 같은 반향을 남기며 유니짱은 질풍처럼 방을 뛰쳐나갔다.

남겨진 나는 갑작스러운 전개에 눈을 크게 뜨고 흥분한 듯한 롬짱과 람짱을 돌아보며 말했다.

"…… 저기, 롬짱이랑 람짱에게는 늦은 시간이니까, 잘까?"

"싫어!"

한 치의 망설임도 없이, 두 사람의 목소리가 겹쳐졌다.

그, 그렇지.

"……미나 선생의 집, 너희들도 알고 있니?"

"따라와!"

아홉 시까지 두 사람을 재우라는 말을 들었지만, 하지만……

미안해요! 미나 선생!

IV

"본교 학생과 말로는 확실히 넵튠이라는 이름의 여학생이 고등부에 있대요."

다음날 아침, 수업이 시작되기 전에 교직원실로 불려간 우리들은 미나 선생이 아침 일찍 본교에 문의한 결과를 듣게 되었다.

그날은 어제까지만 해도 비교적 선선했던 게 거짓말처럼 느껴질 정도로 아침부터 찌는 듯이 더운 날이었다. 이렇게 이야기를 듣고 있는 동안에도 온 몸에서 땀이 흘러나왔다.

이 분교에는 에어컨이 없는지 교직원실의 모든 창은 활짝 열렸다. 그런데도 밖에서 가차 없이 들어오는 열기에 미나 선생도 몇 번이고 손수건으로 뺨과 목덜미를 훔치면서 말했다.

"롬과 람의 언니인 블랑 씨의 일기에도 나온 것처럼 여신 후보 양성과에 있는 것 같아요."

"잘됐다 네프기어. 이러면 거의 확정인데."

"…… 네프기어짱, 다행이야."

"나랑 롬짱이 언니랑 교환일기를 해서 알게 된 거니까 고마워하라고!"

나를 걱정해 주었던 모두가 내가 말하는 것보다도 빠르게 마치 자기 일인 것처럼 떠들썩하게 말을 건넨다.

무엇보다 어젯밤에 모두가 미나 선생의 집으로 찾아가 본교에 언니일지도 모르는 학생에 대해 문의해 달라고 부탁을 했을 때부터 결과가 너무 궁금해서 견딜 수 없을 정도였으니까.

반대로 나는 현실감이 느껴지지 않을 정도다.

단순히 우연인지……. 아니면 언니와 만나고 싶다는 강한 마음이 신이나 창조주님이나 그런 '위대한 존재'를 통해 서로 이끌린 건지.

시간이 지나도 꿈속에 있는 것 같은 멍한 기분으로 나는,

"고맙습니다!"

미나 선생에게 고개를 숙이는 것 외에는 아무것도 할 수 없었다.

"전화 한 통화 한 것뿐이니까, 그렇게 예의를 차리지 않아도 돼요. 그리고……."

하지만, 미나 선생의 표정이 조금 이상한 걸 눈치채고 나는 고개를 들었다.

분명히 다른 사람들과 함께 기뻐할 거라고 생각했는데 어딘지 모르게 미나 선생의 목소리는 굳어 있었다.

"그리고…… 뭔가요?"

신경이 쓰여 내가 물어보자, 미나 선생은 양손을 자신의 무릎 위에 놓고 몸을 쭉 뻗으면서 진지한 눈빛으로 나를 다시 바라봤다.

"아직 이 넵튠이라는 학생이 정말로 네프기어 씨의 언니라는 확증은 없어요. 동명이인일 수도 있으니까요."

"그럴 리가요!"

나는 지금이라도 하늘로 날아오를 것 같은 폭신폭신한 기분이 순식간에 돌변해 비명 같은 소리를 질렀다.

"유니짱의 언니가 보낸 메일을 봤어요! 그 메일에 적힌…… 그, 뭐라고 할까, 터무니없는 느낌은 틀림없이 저희 언니라고요! 확인해 보면 알 거에요!"

"그렇네요. 확인해 보면 알 거에요. 그러니까…… 그걸 위해서 다시 네프기어 씨에게 물어봐야 할 게 있어요."

지금 말을 걸 수 있을 정도로 다가온 언니의 등이 다시 한 순간 멀어진 것 같은 느낌에 초조해하는 나와는 대조적으로, 미나 선생은 조용히 말했다.

"이렇게 말하게 돼서 정말로 죄송해요, 네프기어 씨. 나는 당신이 정말로 넵튠 씨의 가족인지, 어째서 당신이 넵튠 씨를 찾고 있는지 확인해야 해요. 그게 교사로서의…… 아니, 어른으로서의 책임이니까요."

"미나 선생……"

"며칠간 같이 지내면서 당신이 솔직하고 다정한 아이라는 건 충분히 알게 됐어요. 그래서 다시 물어보겠어요. 네프기어 씨, 당신이 감추고 있는 것에 대해 말해주겠어요?"

미나 선생은 나를 향한 진지한 눈빛을 조금도 흐트러뜨리지 않았다.

그 눈빛이 내 가슴을 예리하게 파고드는 것만 같았다.

알고 있어.

미나 선생은 처음 만난 그날부터 내가 거짓말을 한 걸 알고 있었다.

어떻게 대답해야 좋을까, 나는 나도 모르게 미나 선생에게서 눈길을 돌려 시선을 아래로 향한다. 마음 깊은 곳에 남아 있는 죄책감이 커지는 걸 느꼈다.

제대로 이야기를 해야 한다고 생각했다.

나는 분교의 모두에게 이렇게 좋은 대접을 받으며 신세를 지고 있다. 그 따뜻한 마음에 기대어 언제까지나 '정체불명의 여행자'로 있을 수는 없지……. 뭐, 아직 여행은 시작하지도 않았지만, 그것도 포함해서 모두 말해야겠다.

나는 이야기를 시작했다.

이 년 전 그날, 천계에서 일어난 일을.

이 년이 지난 지금, 겨우 지상에 내려와 언니를 찾을 수 있게 된 걸.

지금이야말로 아무런 거짓 없이.

어떻게 생각해도 상관없다고 그렇게 결심했지만 그래도 역시

"천계…… 인가요."

"굉장한 이름이 튀어나왔는데."

미나 선생과 유니짱의 질린 것 같은(적어도 나에게는 그렇게 들렸다)목소리와 표정을 보는 게 괴로웠다.

동시에 찾아온 무거운 침묵이 내 가슴을 조여 온다.

거짓말이 아니에요! 라고 외치고 싶은 걸 꾹 참아냈다.

누구라도 갑자기 이런 얼토당토않은 이야기를 듣고 '아, 그런가요.' 라고 믿어주지는 않겠지.

그래서 나는 누구에게도 의지하지 않고 혼자서 언니를 찾으려고 했다.

그렇게 자기 자신에게 이야기한다. 하지만, 머리로는 냉정하게 생각하고 있어도 내 감정은 그렇게 쉽게 납득이 가지 않는다.

"역시 못 믿겠죠? 이런 이야기."

자신이 들어도 한심할 정도로 떨리는 목소리로 나는 말했다.

대답은 없이 침묵만이 계속된다.

아아, 안 돼. 나는 겁쟁이니까. 결심했다는 건 거짓말이야. 이 침묵이 무서워.

이 침묵이 깨지고 유니짱과 미나 선생이 나에게 하는 이야기를 듣는 게 무서워 더 이상은 견딜 수 없어.

"……! 죄송해요!"

정신을 차려보니 난, 무의식적으로 그 자리에서 빙글 돌아 교직원실에서 도망가고 있었다.

눈 앞에는 한가득 펼쳐진 모래사장. 그 안으로 들어가면 코발

트블루의 바다가 끝없이 펼쳐져 있다.

　시선을 가리는 건 아무것도 없다. 수평선이 또렷하게 보인다.

　나는 모래사장 구석에 서 있는 커다란 야자나무 그늘에 앉아 그저 멍하니 바다를 바라보고 있었다.

　주변은 여전히 엄청나게 더웠지만 햇빛을 막아주는 야자 잎, 바다에서 불어오는 바람, 밀려왔다 사라지는 서늘한 파도 소리 덕분에 사우나 같았던 교직원실보다 버티기는 편하다.

　그 덕분에 어느 정도 냉정함을 되찾긴 했지만, 그 대신 '으아아앙' 하고 한심한 목소리를 내며 울고 싶은 자기혐오의 감정이 마음에 상처를 입힌다.

　도대체 나는 여기서 뭘 하고 있는 걸까.

　이제 더 이상 참을 수 없어요! 나 혼자서라도 언니를 찾으러 갈 거예요! 그렇게 기세 좋게 소리치고는 지상으로 내려왔는데 갑자기 바다에 빠지고, N기어 이외의 짐은 전부 파도에 휩쓸려 버리고.

　N기어는 망가져서 지금은 수리도 못하고.

　돈 한 푼 없이는 밥도 먹지 못하고, 잘 곳을 찾지도 못하고, 혼자서 페리에 타지도 못한다.

　남의 친절을 받기만 하고, 자기 자신은 아무것도 하지 않았는데 언니가 있는 곳까지 알아내고.

　하지만 처음에 한 거짓말 때문에 진실을 이야기해도 아무도 믿어주지 않고.

그러다가 결국에는 이렇게 모두에게서 도망쳐 버렸다.

'나 혼자라도' 그렇게 잘났다는 듯이……. 이런 한심한 아이가 어떻게 언니를 찾는다고 했을까.

지금의 내가 할 수 있는 건, 이렇게 무릎을 끌어안고 바다를 바라보는 것뿐.

저 수평선 너머에 언니가 있다는 걸 알고 있어도, 어떻게 할 수가 없다.

그런 생각에 몇 번째일지 모른 한숨을 내쉰 바로 그때였다.

갑자기 눈앞이 새까매져서 아무것도 보이지 않더니

"……누구게? (소근소근)"

귓가를 간지럽히는 것 같은 작은 목소리가 들려왔다.

"응? 롬짱?"

반사적으로 내가 답하자,

"……에헤헤. 정답. (생글생글)"

다시 눈앞이 밝아져, 지금까지 보고 있던 풍경이 되돌아왔다.

하나 다른 게 있다면

"쨔안! 이거 봐! 내 문어 비치 볼!"

나와 바다 사이에, 리본이 달린 하늘하늘한 스커트가 돋보이는 비키니를 입고, 굉장히 커다란 비치 볼을 머리 위에 들고 있는 람짱의 모습이 있다는 점이었다.

"무, 문어?"

확실히 비치 볼은 문어 같은 모양을 하고 있지만……. 아니지,

주목할 건 그게 아니잖아!

상황을 이해하지 못해, 내가 눈을 깜박거리고 있자니

"……자, 이거. 네프기어 거야."

아까 내 눈을 손으로 가렸던 롬짱이 옆에서 살짝 얼굴을 내밀고는 주머니처럼 위에서 끈을 여미는 형태의 스위밍 백을 건네줬다.

"내, 내 거라니……."

"수영복이야, 수영복. 바다에서 수영하는데 교복을 입고 들어갈 수는 없잖아."

내가 그걸 받아 들고 우물쭈물 말하자 이번에는 반대편에서 유니짱이 얼굴을 내밀며 말했다. 어, 어느새? 거기다가 똑같이 수영복?

"저쪽 덤불에서 재빨리 갈아입으면 돼. 빨리 갈아입지 않으면 남자들이 오니까 훔쳐봐도 난 몰라."

"응? 으응?"

예상치 못한 전개다.

"아아, 진짜로! 됐으니까 빨리 가자!"

"으, 응!"

유니짱은 내 팔을 잡고 억지로 일으키더니, 난폭하게 어깨를 민다.

그 기세에 져서 나는 휘청휘청 유니가 가리킨 덤불로 들어갔다.

"뭐, 뭐지. 도대체?"

머릿속에 '?'라는 의문부호를 띄우면서 스위밍 백을 열어보니, 안에 든 건 내 취향의 너무 화려하지 않은 수영복. 이걸 입으라는…… 거겠지?

"아아~! 온다고! 빨리빨리!"

"응? 아, 응!"

유니짱의 재촉에 나는 빌린 교복과 속옷을 벗고 수영복으로 갈아입었다. 벗은 옷은 말아서 가방 속에 넣었다.

그렇게 원래 장소에 내가 돌아오니, 저편에서 쿵쿵 지면을 울리는 것 같은 발소리와 함께 몇 명인가의 떠들썩한 소리가 들려왔다.

"전부 왔어? ……음, 네프기어짱도 있구나."

발소리의 주인공은 말할 것도 없이 브레이브 선생이었다.

"아, 이게…… 무슨 일인가요?"

"무슨 일이라니, 수업이지 수업. 이렇게 더워서야 책상에 앉아 있어 봤자 집중력도 떨어지지. 그래서 니시자와 선생과 상담해서 오늘은 하루 종일 체육이야. 네프기어는 수영 잘하니?"

"잘하는 것까지는 아니지만…… 보, 보통이에요."

"그렇구나. 원한다면 내가 하루 종일 지도해 주지. 그러면 지난번에 있었던 것 같은 긴급 상황에도 물에 빠지지 않을 거야. 이 섬에 유니를 데려왔을 때에도 그렇게 철저하게 특훈을 시켰지."

천천히 주저앉아 손 위에 태운 아이들을 바닥에 내려놓으며 브레이브 선생은 말했다.

옆을 보니 유니짱이,

"…… 지금 생각해 보면 그건 진절머리가 날 정도로 힘들었어. 피도 눈물도 없다는 건 그런 걸 말하는 거겠지."

아득한 눈으로 브레이브 선생을 올려다본다.

"마, 마음만은 고맙습니다……."

얼굴 앞에 손을 내밀고 힘없이 흔들며 내가 말하자

"하하하! 농담이야, 농담. 너무 힘들게 하면 또 니시자와 선생에게 혼날 테니까. ……그럼 내 앞에서 제대로 준비운동을 한 사람부터 바다에 들어가도록 언제나 하는 약속은 기억하고 있지? 람, 말해봐."

브레이브 선생은 공기가 울리는 것 같은 웃음소리를 내며 비치 볼을 들고 있는 람짱을 향해 말했다.

"선생의 지시가 있으면 바로 바다에서 올라와 휴식할 것! 멋대로 멀리까지 가지 말 것! 컨디션이 안 좋으면 무리하지 말 것! 따돌리지 말고 모두들 사이좋게 지낼 것!"

"좋았어. 유니, 그리고 네프기어. 너희들은 상급생이다. 하급생들을 잘 돌봐 주도록."

그렇게 말하고 브레이브 선생은 그 자리에서 쿠웅, 하고 모래 연기를 내뿜으며 책상다리를 하고 앉았다.

곧바로 몇 명인가가 그 자리에 줄을 서 준비운동을 시작한다.

내가 그 모습을 멍하니 보고 있으려니, 내 어깨에 손을 얹으며 유니짱이 말했다.

"네프기어도 준비운동 하고 헤엄치자. 이왕 분교의 학생이 됐으니 분교의 명물 '바다의 체육'도 체험해야지! 이 바다는 굉장하다고. 여기서 수영을 하면 본토에 있는 리비트 리조트나 셉텐트리 리조트로는 만족하지 못할 거야."

"하, 하지만……."

나는…… 이라고 말하려 할 때, 내 어깨를 잡은 유니짱의 손에 힘이 들어갔다.

"괜찮아, 알고 있어."

그 말에 나는 깜짝 놀라 유니짱을 바라봤다.

"네프기어가 입고 있는 수영복, 미나 선생이 네프기어한테는 비밀로 산 거야. 섬에 있는 동안 한번은 모두 함께 바다에 놀러 갈 거라고 말하면서."

"미나 선생이?"

"응…… 아까는 그…… 조금 놀라서 나도 선생도 굳어 있었지만 아무도 너를 거짓말쟁이라고 생각하지 않아. 아니, 네가 거짓말을 하고도 태연하게 있을 정도로 요령 있는 아이가 아니라는 건 금방 알 수 있어."

유니짱은 다른 한 손을 뻗어 이번에는 내 팔꿈치를 붙잡더니 그대로 나를 끌어안았다.

"오해하게 해서 미안해. 미나 선생도 '내가 잘못 물어본 걸까요.' 라며 풀이 죽어 있으니까, 용서해 줘."

나를 안으며 유니짱이 말했다.

처음에 나를 구조해서 이야기를 들었을 때 뭔가 복잡한 사정이 있다는 걸 눈치챘다는 것이랑 내가 모두에게 솔직하게 이야기를 해 주기 전까지는 가능한 한 기다리기로 했다는 것. 그래, 미나 선생, 브레이브 선생, 유니짱이 그렇게 정했다는 이야기다.

"네프기어는 아무리 생각해도 페리를 모르는 것 같았고, 내가 어떻게 그런 바위까지 가게 됐냐고 물었을 때에도 굉장히 당황했잖아."

"유니짱…… 유니짱……."

"그래도 나쁜 아이가 아니라는 건 바로 알았어. 그렇게 낯을 가리는 롬이 바로 어리광을 부린다고 미나 선생이 놀랐거든. 나도 제대로 이야기를 나누기까지 시간이 걸렸는데. 그런 아이가 나쁜 아이일 리 없어."

나는 아무 말도 할 수 없었다.

그저 눈물이 흘러나와, 유니짱의 어깨에 얼굴을 묻고 흐느낄 수밖에 없었다.

"너, 언니랑 헤어지고 나서 계속 혼자서 열심히 해 왔잖아. 아마 힘든 일도 있었을 거야. 하지만 이제 괜찮아. 이제부터는 내가 같이 있어 줄게. 그러니까 이제는 울지 마."

그렇게 말하고는 유니짱은 내 눈에 흐르는 눈물을 손가락으로 닦아 주었다.

그러자,

"네프기어짱도 유니짱도 언제까지 둘이서만 이야기하고 있을 거야! 빨리 여기로 와! 공놀이하고, 모래성도 만들고, 할 게 많단 말이야!"

이미 준비운동을 끝낸 람짱의 목소리가 모래밭에서 들려온다.

"…… 그렇다는데, 빨리 가자!"

"응, 알았어!"

유니짱이 내 손을 잡아끈다.

눈물을 닦고 웃으며 나는 고개를 끄덕이며 그 뒤를 따라간다. 거기에,

"둘 다 기다려."

브레이브 선생의 목소리가 들려 뒤돌아봤다.

"뭐예요. 가만히 놔두면 람이 짜증낸다고요.

"제대로 준비운동을 해야지. 일단 이건 단순한 놀이가 아닌 체육 수업이잖아."

아, 그렇지.

우리들은 학생이었지. 먼저 우리가 규칙을 지켜야지.

람짱의 "빨리 빨리이!"라고 재촉하는 소리를 등 뒤로 들으면서 나는 아까까지의 어두운 자신은 뭐였나 하고 생각될 정도로, 마치 지금의 날씨처럼 쾌청한 기분으로 유니짱과 함께 구령을 가볍게 붙여 가며 몸을 움직이기 시작했다.

그럼 먼저 다리를 벌리고 발돋움부터!

~두 번째의 여행~

남은 날도 눈 깜짝할 사이에 지나 한 주를 넘겼다.

내가 처음으로 보내는 학교생활은 오늘로 끝.

"그동안 고마웠습니다."

오늘까지의 고마운 마음을 가득 담아 나는 미나 선생에게 고개를 숙였다.

뒤에는 출항을 알리는 페리의 기적 소리가 낮게 울리고 있다.

"본교에는 이야기를 해뒀어요. 도착하면 학장인 마제콘느 선생에게 가 봐요."

"저기, 미나 선생……."

"왜 그러죠?"

"전에는 죄송했어요. 저, 미나 선생의 마음도 모르고 혼자서 제멋대로……."

여행을 떠나기 전에 사과해야겠다고 생각해 내가 이야기하자 미나 선생은 웃으며 고개를 저었다.

"네프기어 씨가 사과할 필요는 없어요. 이 섬에 네프기어 씨가 온 것도 분명히 운명이라고 생각해요. 당신이 소중한 제자가 되어 줘서 저는 굉장히 기쁩답니다."

미나 선생의 목소리는 정말로 다정했다. 그 목소리를 들은 것만으로도 나는 가슴이 터질 것만 같았다.

"후후, 네프기어 씨는 의외로 울보로군요. 하지만 그 눈물은 언니와 재회할 때를 위해 아껴 두세요."

손수건으로 내 눈가를 훔치며 미나 선생은 '그리고'라며 가지고 있던 파우치 안에서 무언가를 꺼내 내 손에 쥐어 줬다.

그건 큼직한 지갑이었다.

"이건……."

"적은 돈이지만, 여행 경비와 가지고 있던 N기어…… 였나요? 그 도구의 수리비에요."

"안돼요! 이렇게 많은 돈은 받을 수 없어요!"

지갑을 열어본 나는 놀랐다. '적은 돈이지만'이라고 말할 금액이 아니다.

내가 지갑을 돌려주려고 하자 미나 선생은 사양하고는.

"아뇨, 그건 네프기어의 몫만이 아니라……."

그렇게 말했을 때

쿵, 쿠웅. 하고 척 들어도 누군지 알 수 있는 커다란 발소리가 선착장에 울리더니,

"기다려, 기다려! 아직 출발하면 안 돼!"

어제 모래사장에서 모두를 데려왔을 때와 마찬가지로 접시 모양으로 만든 브레이브 선생의 손에 올라탄 유니짱이 커다란 소리로 외치는 게 들려왔다.

"아아, 겨우 왔네요. 시간을 못 맞추나 하고 걱정했어요."

미나 선생이 말하자마자

"준비하는 데 조금 시간이 걸려서. 수중전 장비는 한동안 사용하지 않았으니까. 미안하군, 미나 선생."

브레이브 선생이 여전히 커다란 몸을 철컹철컹 움직이며 우리들의 바로 옆까지 다가와 손을 내린다.

그 손에서 내려온 건 물론 유니짱과 반 친구들. 일부러 배웅하러 와준 거로구나. 고마워.

하지만 조금……. 아니, 굉장히 신경 쓰이는 건 브레이브 선생의 차림새.

아까 '수중전 장비'라고 말했지만, 허리 좌우에 커다란 스크루가 달려 있다. 흔히 말하는 '옵션 장비'인가.

설마 브레이브 선생은 이렇게 옵션을 변경하면 여러 가지 상황에서 싸울 수 있는 건가? 수중전만이 아니라, 공중전이나 지중전이나, 더 나아가서 우주전 장비도 있다든지?

으음, 그런 굉장한 장비가 있다면 나도 보고 싶네.

그렇게 생각하고 있던 중 나는 문득 깨달았다.

왜 지금 그런 장비를? 설마 일부러 보여주기 위해 장비하지는 않았을 거고…….

그렇지, 유니짱 일행을 보니

"좀 봐 줘, 배를 놓치면 어쩔 뻔 했어."

그냥 배웅이라고 하기에는 묘하게 큰 짐을 등에 진 유니짱이 이쪽으로 오며 말했다.

교복이 아니라 허리에 리본이 달린 귀여운 검은 원피스다.

거기에 지금, '배를 놓치면'이라고 했지?

"미나짱, 이 옷 더워어……"

"땀으로 흠뻑. (후우후우)"

뒤이어서 롬짱과 람짱. 두 사람도 제복이 아니다. 오늘은 지난 번처럼 엄청나게 더운 날은 아니지만, 이 남쪽 섬에서 보고 있는 것만으로도 땀띠가 날 것만 같은 폭신한 코트를 걸치고 있다.

"뉴스에서 본토의 날씨가 영하로 떨어질지도 모른다고 했으니까. 지금은 더워도 바다로 나가면 시원해질 거예요."

미나 선생은 코트 앞섶을 풀고 조금이라도 바람을 맞으려고 손을 파닥파닥 부치는 람짱을 향해 진지한 목소리로 말한다.

그 대사도 어쩐지 이상하다. 본토는 영하? 바다에 나가면 시원해진다고?

"서, 설마 유니짱도 같이 가는 거야?"

설마가 아니라 그렇게밖에 생각할 수 없었다. 아니나 다를까.

"맞아. 아, 미나 선생에게서 경비는 받았지? 우리들 것도 들어 있으니까 잃어버리면 안 돼."

당연하다는 듯 유니짱이 고개를 끄덕인다. 바로 미나 선생이

"네프기어 씨가 제일 낭비를 하지 않을 것 같아서요. 특히나 롬이나 람은 바로 과자나 주스를 사 달라고 하겠지만, 하루에 한 번만이에요."

미나 선생은 "믿을게요." 라며 내 손을 잡았다.

"그건……네. 그런데 이걸로 괜찮을까요?"

"말했잖아. 너 혼자서는 걱정이 되니까 나도 따라간다고. 나랑 같이 있는 거 싫어?"

"그런 말 안 했어! 기, 기뻐. 하지만 학교는? 세 명 다 섬을 떠나도 괜찮은 거야?"

갑작스러운 전개에 나는 당황하여 모두의 얼굴을 바라봤다.

"예전부터 한번 셋이 같이 본토로 돌아가서 언니를 만나려고 생각하고 있었어요. 목적지는 같으니 마침 잘됐고요. 그리고 마제콘느 학장도 꼭 방문해 달라고 했거든요."

미나 선생이 말했다.

그렇구나, 이런이런⋯⋯.

"그럼 브레이브 선생, 인솔을 부탁드려요."

"맡겨 주세요. 니시자와 선생. 나야말로 분교를 잘 부탁드립니다."

"네, 알겠어요. 그럼 조심해서 다녀오세요."

어라, 브레이브 선생도 같이 가는 거야!? 선생이 인솔하는 건 알겠지만, 브레이브 선생 정도의 크기라면 페리에는 타지 못할 텐데.

내가 그런 말을 하자,

"나는 배에 붙어서 헤엄쳐 갈 거니까 상관없어. 400킬로미터 정도쯤은 하루 정도면 되는걸. 대단한 거리도 아니고. 그걸 위한 수중 전용 장비인 거니까."

헤, 헤엄쳐서 가는 건가요!? 400킬로미터가 대단한 게 아닌 건가요!?

　…… 브레이브 선생은 우리들과는 스케일이 다르구나.

　"이렇게 된 이상 날아가면 좋을 텐데요."

　"무모한 소리 하지 마. 공중전 장비의 항속거리는 200킬로미터 야. 쓸모없이 에너지만 소비하고 중간에 추락할 거라면 처음부터 헤 엄쳐서 가는 게 낫지. 몸도 단련이 되고."

　다, 단련되는구나, 로봇인데도. 아, 아니 로봇형 생명체니까?

　그리고 역시나 공중전 장비도 있구나. 그건 언제 한번 보고 싶네. 나중에 부탁해 봐야지.

　라고 내가 생각하고 있자니, 페리에서 계속해서 기적 소리가 들려왔다.

　"잠시 후 출발합니다. 승선하는 분은 서둘러 주세요."

　라고 안내방송이 시작되자

　"…… 네프기어 씨, 아까도 말했지만, 당신은 제 소중한 제자 에요. 그리고 이 섬에서 함께 지냈으니 가족이나 마찬가지고요. 그러니까, 당신의 여행이 무사히 끝나면 언젠가 이 섬에 돌아와 주세요. 오오토리이 섬 분교 학생들 모두가 당신을 기다리고 있 으니까요."

　미나 선생이 나를 꼬옥 끌어안으며 말했다.

　"네, 꼭 돌아올게요!"

　눈물은 언니와 다시 만날 때를 위해 아껴두자.

　그 약속을 생각해 내고, 나는 미나 선생을 안심시키기 위해 눈물을 꼭 참고 활기차게 대답했다.

"네프기어 씨, 잘 지내야 돼요."

"또 놀러 와!"

"다음에는 도시에서 유행하는 게임 알려 줘!"

배웅의 인사말을 전해주는 반 친구들 모두와 한 명 한 명 재회의 날을 약속하며 우리들은 섬을 떠나는 페리를 탔다.

출발할 때가 왔다.

제방 끝까지 달려와 있는 힘껏 손을 흔드는 아이들, 그리고 조용히 우리들의 출항을 지켜보는 미나 선생.

"모두들, 고마워! 건강히 지내야 돼! 꼭 돌아올게!"

모두의 모습이 점점 작아지다가 이윽고 보이지 않게 될 때까지, 나는 몇 번이고 몇 번이고 손을 흔들었다.

이 섬에 내가 오게 된 것은 무언가의 운명일지도 모른다고 미나 선생은 이야기했다.

실제로는 장비 고장이거나 잇승 씨의 착각…… 이라고 생각한다. 하지만 이 섬에 온 덕분에 태어나서 처음으로 학교에 다닌다는 걸 경험했다.

유니짱을 시작으로 근사한 친구들도 많이 생겼다.

힘들 때 누군가가 내민 손의 온기라는 걸 알게 되었다.

그래서 지금은 무슨 이유 때문이었든 오오토리이 섬으로 전송돼서 다행이라고 생각한다.

진심으로 그렇게 생각한다.

이제 언니를 만나기만 하면 돼.

그리고 언니를 만나면, 지상에서 근사한 만남이 있었다고 가르쳐 줘야지.

분명히 언니는

"네엣!? 남쪽 섬!? 좋았겠다~ 나도 가고 싶어~."

그렇게 말하면서 부러워할 테니까, 다음에 섬에 돌아갈 땐 언니와 함께 가야지. 언니도 섬을 좋아하게 될 거야.

그러니까 기다려 언니, 지금 만나러 갈 테니까!

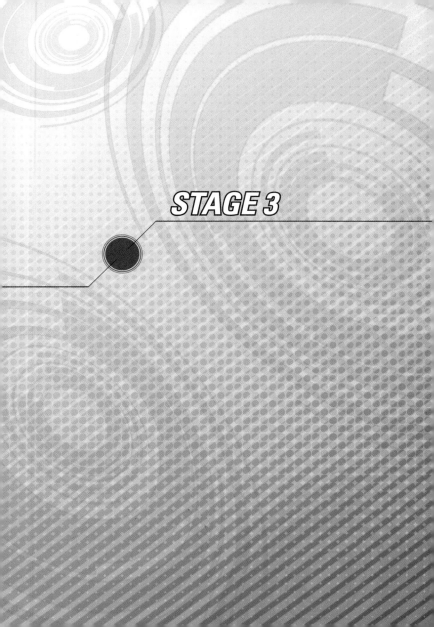

STAGE 3

1

내 동생이라고 하는 네프기어의 이야기가 겨우 끝을 맺었다.

긴, 너무나 긴 이야기였다.

"우우, 씩씩하네요, 갸륵하네요. 게임업계의 눈물겨운 여행기네요."

내 옆에서 완전히 감정이입을 한 컴파가 교복 주머니에서 티슈를 꺼내더니 킁 하고 코를 풀었다.

아, 안녕! 2장만에 만나네!

모두의 아이돌이자 부동의 주인공인 넵튠입니다.

여기부터는 언제나처럼 내가 진행을 할 테니까 잘 부탁해.

그럼, 스토리 이벤트를 다시 시작하겠습니다.

…… 아니, 언제나처럼 가볍~게 진행하고 싶은 마음은 굴뚝같지만, 아무래도 지금은 그런 분위기(어쩐지 바꿀 수 없다)가 아닌 것 같아.

전대미문. 패러디&게임 농담이 거의 없이 진지하게 진행한 것도 깜짝 놀랄 일이지만, 내용에서 더 깜짝 놀랐어.

이 자리에 모인 다른 아이들도 이야기가 다 끝났을 때에는 어떤 반응을 보여야 할지 감을 잡을 수 없는 듯 '에에~'라든지 '흐음~'처럼 말로 표현할 수 없는 소리를 내고는 서로 얼굴을 바라보고만 있을 뿐이야.

아, 그러고 보니 순서가 틀렸네. 먼저 '이 자리'가 어딘지, 지금이 언제고 누가 있는지, 그것부터 설명할게.

사실 나도 혼란스러워서 말이야. 진행자로서 이런 건 좋지 않지만, 어디서부터 손을 대야 할지 모르겠다니까. 아, 맞아. 그거야. 어쩜담~.

그게 그, 아 뭐지…… 그게, 그거야 그거. 하하하, 하하하하…….

"…… 하하하하!"

"깜짝이야! 뭐야 갑자기! 네프코, 네프코!"

"아, 아무래도 네프기어의 이야기가 너무 충격적이라 처리능력을 넘어 버린 것 같아요. 네푸네푸, 정신 차리세요. 눈을 뜨세요!"

"귀, 귀에서 연기라도 나는 거 아니야? 컴파, 이 보리차 가져가. 이대로라면 컴파가 터져 버린다고!"

"알겠어요. 네푸네푸, 들리세요? 이거 마셔 봐요. 얼음이 들어간 차가운 보리차예요."

아, 그래. 보리차구나. 보리차 좋지. 맛있네.

나는 컴파가 준 컵을 낚아채듯 손에 들고는 한번에 잔을 비운다.

꿀꺽꿀꺽……. 캬아!

"고, 고마워 컴파."

얼음까지 전부 아그작 아그작 씹어 넘기자 배가 서늘해지는 느낌이 든다.

그제서야 겨우 마음이 안정되었다. 아주 조금이지만.

그럼, 다시 한 번 여기가 어딘가 하면, 이스투아르 기념학원의 학장실이야.

얼마 전에 학장 대행이 저질렀던 악행의 증거를 찾으려고 한밤중에 숨어들어왔던 그 방이지.

방안에 떡~하니 놓여 있는 근사한 책상 건너편에는 복귀한 지 얼마 안 된 마제콘느 선생이 앉아서 한심하다는 표정으로 나를 보고 있다.

우리들…… 음, 나와 컴파, 느와르와 벨, 그리고 아이짱. 이렇게 다섯 명은 방 한가운데에 놓인 손님용 소파에 앉아 있다. 우리 왼쪽이 마제콘느 선생의 자리다.

그리고 우리 건너편에 유리 테이블을 사이에 두고 소파가 하나 더 있다. 거기엔 그…… 내 동생이라고 하는 네프기어와 느와르의 동생인 유니가 앉아 있다.

블랑과 쌍둥이 동생들은

"…… 이렇게 더운 날에 코트를 입다니, 보기만 해도 덥네. 잠깐 갈아입히고 올게."

"…… 미나짱이 입고 가라고 했어. (훌쩍)"

"영하는 무슨! 일기예보 완전 틀렸잖아!"

"…… 알았어, 이쪽으로 와."

…… 그렇게 기숙사로 돌아가서 여기에는 없어. 나중에 합류하기로 했지만.

일단, 장소에 대한 설명은 이쯤 할까?

그리고 다음은…… 아, 그렇지. 우리를 부르는 마제콘느 선생의 방송이 나온 뒤에 나와 네프기어가 부딪히고, 내가 실수를 해서 울린 뒤에는 어떻게 됐냐는 거지?

그 순간 주변의 공기가 차가웠던 건…… 넘어가도록 하자.

흐느끼는 네프기어를 어떻게든 어르고 달랜 뒤 뒤따라온 느와르랑 블랑의 동생들과 함께 그 자리에서 도망치듯 학장실에 가 보니, 벨과 블랑은 이미 와 있었다.

"자세한 이야기를 들어보지 않으면 아무것도 모르니까 진정하고 천천히 이야기해 봐."

학장실에서 우리를 기다리고 있던 마제콘느 선생이 네프기어를 달래서 그때부터 네프기어의 기나긴 이야기가 시작되고, 끝나고, 컴파가 울고, 내가 정신줄을 놓고, 보리차를 마시고, 진정해서 여기까지 온 거야.

하아, 지쳤다.

"괜찮아요, 네푸네푸? 내 보리차 마셔도 돼요."

"고마워, 그럼 사양하지 않을게."

꿀꺽꿀꺽꿀꺽, 다시 한번에 보리차를 마시고 빈 잔을 테이블에 놓았다.

"넵튠 씨, 그렇게 한가하게 보리차만 마시지 말고 진지하게 이야기를 들으라고요."

나를 향해 누군가 말을 걸었다.

목소리의 주인공은 느와르의 여동생. 이름이 유니짱이었나.

"아까부터 코미디 프로그램 같은 반응만 보이는데, 조금은 네프기어도 생각을 해야……."

아아, 화내고 있다. 아무래도 유니짱은 긴장한 내 모습이 장난치는 것으로밖에 보이지 않는 것 같다.

나, 나는 장난치려고 한 건 아닌데 말이야. 큰일이네.

"유, 유니라고 했지? 네프코의 태도에 짜증이 나는 건 나도 이해해. 하지만 이번에는 네프코도 제정신을 차리지 못할 정도로 혼란스러워하고 있어. 그러니까 너도 진정하고……."

그런 나의 마음을 알아준 아이짱이 내 마음을 대신해 설명해 준다. 그래, 바로 그 기분이야.

"소중한 친구가 상처 입는 걸 봤는데 진정하라뇨. 친구를 위해서 화내는 건 당연하다고요."

하지만 유니는 한 치도 물러나지 않는다. 언니인 느와르를 꼭 닮은 엄한 눈으로 아이짱을 노려본다.

"아아……. 미, 미안해."

그 시선에 압도당했는지 아이짱도 태도를 바꿔 사과했다.

"잠깐! 아이짱, 막아줬어야지!"

"아니, 뭐랄까…… 나 지금 찡~ 하고 뭔가가 올라와서 나도 모르게……. 눈곱만큼도 솔직하지 않은 언니랑 달리 이렇게 돌직구로 '친구'에다 '당연하'다니. …… 이것이 젊음인가."

"왜, 왜 거기서 내 얘기가 나오는 건데! …… 유니, 선배한테 실례잖아. 마제콘느 선생도 있고. 그리고 넵튠의 사정에 대해서는 설명했잖아?"

젊은 두 사람의 우정에 감동해 관대해진 아이짱에게 바통을 이어받아 이번에는 느와르가 말했다.

유니짱도 아무래도 언니의 관록과 위엄 앞에서는

"죄, 죄송합니다. 넵튠 씨. 아이에프 씨. 저도 모르게……."

라며 제정신을 차린 듯, 그 자리에서 어깨를 움츠린다.

그걸 본 네프기어가

"고마워, 유니짱. 나는 괜찮아."

가만히 유니의 소매를 잡아당기며 말한다.

"……찌잉."

아이짱이 완전히 홀린 것 같다. 이래서야 한동안은 의지할 수 없겠는데.

어쩔 수 없지. 그럼 내가 이야기를……. 이라고 생각한 순간, 유니짱을 보고 있던 네프기어가 갑자기 나에게 고개를 돌렸다.

"언니……."

그 눈이 슬퍼 보인다.

아니, 슬픈 것만이 아니라 여러 가지 감정이 뒤섞인 그 눈을 보고 나니 나는 아무 말도 할 수 없었다.

"언니, 기억상실증이라니, 정말이야? 정말로 나에 대해 모두 잊어버렸어?"

응, 잊어버렸어. 어떻게 하지~. 딱히 곤란한 건 없어서 지금까지 신경 쓰지 않았는데 말이야.

지금도 가끔 반 친구들이 '네푸네푸, 기억상실증이라는 거 진짜야?'라고 물어볼 때처럼 농담으로 흘려버릴 수 있다면 얼마나 좋을까……

하지만 저 눈을 보면 아무리 나라도 그럴 수는 없을 것 같아.

"응, 그런 것 같아. 네프기어의 이야기를 듣기 전에 잠깐 설명했지만, 이 옆에 있는 컴파의 도움을 받아 같이 살기 시작하기 전의 일은 아무것도 기억이 안 나."

나는 가능한 한 정중하게, 진실이라는 게 전해지도록 말했다.

"네프기어의 마음은 알 것 같아요……. 라고 가볍게 말할 수는 없지만, 네푸네푸……. 아니 언니에게 악감정이 없다는 건 이해해 줬으면 해요."

뒤이어 벨이 언제나처럼 부드럽게 달래주었다.

하지만,

"그건 알아요……. 하지만……. 나……. 흑……. 으앙~"

유니짱에게는 괜찮다고 말했지만, 아무래도 감정을 억누를 수 없는 모양으로, 네프기어는 어깨를 떨면서 아까처럼 울기 시작했다.

그걸 보고 있는 나는 복잡한 심경이었다.

안됐다는 생각이야 당연히 가지고 있지만, 아무래도 내 탓으로 이 아이가 운다는 건 실감이 나지 않았다.

'미안해'라고 사과하는 거야 간단한 일이지만, 그래 봤자 아무런 위로가 되지 않는다는 것도 알고 있고, 어떻게 해야 하지?

잠시 동안, 학장실에는 네프기어의 훌쩍이는 소리만이 울려 퍼졌다. 하지만

"모두들, 여기까지. 일단 시간을 두고 해결하는 게 좋을 것 같네. 일단 지금은 넵튠과 네프기어는 거리를 두는 게 좋겠어."

지금까지 가만히 지켜보고 있던 마제콘느 선생이 입을 열었다.

"누가 네프기어를 손님용 휴게실로 안내해 줘."

마제콘느 선생이 말하자,

"제가 데려갈게요. 두 사람 다, 제가 같이 있을 테니까 걱정 말아요."

컴파가 안내역을 자청하며 자리에서 일어났다.

"미안하지만 그렇게 해 주겠어?"

"네, 마제콘느 선생."

이럴 때는 정말로 컴파가 도움이 된다.

"기어짱이라고 불러도 되나요? 먼 데서 와서 힘들었죠? 그럼 저편에서 쉬어요."

컴파는 치유 지수 300%의 한없이 다정한 천사의 목소리로 네프기어를 부르고는, 부드럽게 어깨를 감싸 네프기어를 일으켜 세

우더니 유니짱과 함께 학장실을 나갔다.

"컴파……."

"괜찮아요, 네푸네푸. 나에게 맡겨 주세요."

문이 닫히고 세 사람의 모습이 보이지 않게 되자

"먼 곳에서 와서 힘들었겠다…… 라. 네프기어가 어디에서 왔는지를 생각하면 멀고 가깝고의 레벨이 아니지만."

주먹을 이마에 갖다 대면서 아이짱이 말했다.

"네푸네푸와 같이 있으면 매일매일 이벤트가 있는 것처럼 따분하지 않아서 좋지만…… 이번에는 격이 다르네요."

라고 벨이 말한다.

"설마 유니와 블랑의 동생까지 관련이 있을 줄은 몰랐어. 넵튠이 있는 곳에는 사건이 난다니까. 도대체 어떻게 돌아가는 거야?"

느와르도 당혹스러운 얼굴로 말한다.

"동생……. 내 동생이라."

그리고 나는 여전히 실감이 나지 않는다.

"어찌됐건, 여기 남아있는 사람들끼리 정보를 정리해 볼까. 먼저 말하고 싶은 건, 네프기어의 말이 믿을 만하다는 거야."

마제콘느 선생이 의자에 깊숙이 몸을 기대며 말했다.

"어떻게 그렇게 단언할 수 있죠?"

아이짱의 의문에,

"자세한 건 나중에 설명해 주겠지만, 나는 네프기어가 말하는 '잇승 씨'…… 천계에 있는 이스투아르와 예전부터 알던 사이거든."

마제콘느 선생은 너무나 간단히 충격적인 사실을 발표했다.

"마제콘느 선생과 이스투아르님이 아는 사이!?"

"큰 소리로 말하지 마, 느와르. 지상의 일반 시민들은 느와르가 지금 말한 것처럼 이스투아르를 위대한 신처럼 인식하고 있지만, 사실 그렇지는 않아. 여기에 대해서는 블랑이 있을 때 같이 이야기하기로 하고, 지금의 화제는 넵튠이군."

그렇게 말하고는 마제콘느 선생은 나를 바라봤다.

그와 동시에, 아이짱도 느와르도 벨도 동시에 나를 바라본다.

"어머 왜 그래, 다들 빤히 내 얼굴만 쳐다보고."

"한번 더 물어보겠는데 네프코, 너는 '하늘에서 별똥별처럼 휘익 하고 떨어진' 걸 컴파가 구해준 거지?"

"…… 그럴걸?"

아이짱의 질문에 내가 고개를 끄덕이자,

"네프기어의 말로는, 기억을 잃기 전의 넵튠은 네프기어를 지키기 위해 미끼가 되어 뭐시기 로봇들을 길동무 삼아 지상으로 떨어졌다고 했어."

"컴파가 이 학교에 들어오기 위해 수험공부를 시작할 때쯤에 네푸네푸를 구해줬다고 하면 시기도 비슷하네요."

느와르와 벨도 한마디씩 한다.

"다시 말하면, 네프코가 원래 천계인이라는 건 틀림없는 것 같네. …… 어쩐지 머리가 아파 오는 이야기인데."

"왜, 내가 천계 출신이라 뭔가 문제라도 있어?"

"아무 생각도 없는 주제에 대단하다는 듯 말하지 마."

아이짱이 딱 잘라 그렇게 말하고는 마제콘느 선생을 바라 봤다.

"마제콘느 선생, 우리가 이전에 크레이들…… 이 아니라, 그 학원 한구석에 있는 교회에서 두 번 정도 만났던 존재는 다른 세계의 이스투아르님이 맞나요?"

마제콘느 선생이 고개를 끄덕인다.

"그래, 나는 단편적이기는 하지만 나에게 씌인 '마녀'인 내 기억을 공유하고 있으니까. 확실하게 말할 수 있어."

"확실히, 저지 더 하드를 쓰러뜨리고 나서 두 번째로 만났을 때에는 '이쪽 세계의 나와 만나 이야기를 들어라.' 라고 말했었죠."

"또 하나, '여러분을 또 하나의 나에게 이끄는 만남이 있다.' 고도 말했어. 그게 네프기어가 아닐까."

"느와르가 말한 대로라고 생각해요. 네프기어짱과 만난 게 다른 세계의 이스투아르님이 말하는 '세계의 위기'를 구하는 포인트일지도 모르죠."

"그 네프기어 말인데……. 네프코의 기억상실증에 쇼크를 받은 것 같아. 아마 지금은 아무것도 손에 잡히지 않을 거야."

다들 각자 이야기를 하고는 다시 나를 바라본다.

모두가 어떤 이야기를 하고 싶은지는 알고 있다.

나도 그런 이야기를 들은 이상 여느 때처럼 '뭐, 어떻게든 되겠지!'라고 느긋하게 있을 수 없다는 건 알고 있어. 정말이라고?

세계가 어떻다느니, 또 하나의 내가 어떻다느니 하기 전에, 네프기어의 그 슬픈 눈이 머릿속과 마음에 달라붙어 사라지지 않는다.

기억, 기억이라.

네프기어의 이야기로는, 기억을 잃기 전의 나와 네프기어는 언제나 서로를 생각하는 굉장히 사이좋은 자매였던 것 같다.

그렇게 나를 위해주는 동생이 있는데 그걸 완전히 잊어버리다니, 아무리 생각해도 좋은 일은 아니다. 반대 입장이었다면 나라도 이성을 잃고 울었을 거야.

"지금까지 본인이 크게 신경 쓰지 않길래 특별히 어떻게 해 보려고 하지는 않았는데 가만히 있을 수는 없겠네. 네프코, 너는 어때?"

"기억을 찾고 싶냐고? 그거야, 찾을 수 있다면 찾고 싶지. 그럴 수 있다면 뭐든지 할게. 솔직히 내가 네프기어의 언니라는 건 실감나지는 않지만…… 이대로 그 아이를 울리는 건, 머리가 아니라 마음으로 아니라고 생각해."

아이짱의 질문에, 나는 대답했다.

"그렇다면 그 문제를 먼저 처리해야겠군. 학원의 시설이나 인원이 필요하다면 내가 허가를 내 줄 테니까 자유롭게 이용하도록."

마제콘느 선생이 그렇게 말을 마치자 우리들도 쉬기로 했다.

마제콘느 선생은 오오토리이 섬이라는 곳에서 네프기어 일행을 인솔해 온 브레이브 선생과 이야기할 게 있는 것 같아서 우리들은 마제콘느 선생을 남겨두고 자리를 나섰다.

"휴게실을 살펴보면 안될까?"

학장실을 나선 후 내가 그렇게 말하자, 느와르는 천천히 고개를 저었다.

"지금은 그만두는 게 좋아. 컴파가 맡겨두라고 했고. 지금 만나도 또 네프기어를 자극하기만 할 뿐이야. 그것보다 지금은……."

"내 기억을 되돌릴 방법을 생각하자는…… 말이지."

"최선을 다해 보자. 케이나 하코자키 선생에게도 도움을 받아 보고."

"응."

미안해, 네프기어.

잘 될지는 모르겠지만 노력해 볼게.

나는 마음 속으로 그렇게 다짐하고 남몰래 기합을 넣었다.

좋았어, 기억을 되찾자!

Ⅱ

그렇게 해서 뭔가 좋은 방법이 없을까 각자 생각해보기로 한 뒤 일단 해산했다. 그리고 다음날.

방과 후, 나는 양호실로 불려갔다.

결국 네프기어 일행은 플라네튠 기숙사의 빈 방에 묵게 된 모양이지만, 아직 만나지 않는 게 좋다는 느와르의 조언으로 오늘은 만나지 못했다.

지금은 내 기억을 되찾는 게 중요하니까.

"주인공은 한 입으로 두 말하지 않아! 뭐든지 한다면 하는 거라고!"

양호실에서 나를 기다리고 있던 '네푸네푸의 기억을 되찾는 모임'의 멤버……. 다시 말하자면 여느 때의 멤버를 앞에 두고, 나는 확고한 결의를 담아 말했다.

"대사가 너무 가벼운데 괜찮을까? 사태가 사태인 만큼 동생을 본받아 조금은 진지해지지 않았나 생각했는데."

"…… 제대로 하지 않을 거면, 이만 돌아가도 될까? 롬이랑 람까지 컴파가 돌보는 것도 미안하니까."

뭐? 아이짱도 블랑도 모르잖아? 이 나의 흘러넘치는 열기와 결의를(도치법).

"근성 넘치는 느낌이지? 기운이 넘치지 않아? 어떠한 난관이 닥치더라도 이 갓 핸드로 막을 수 있을 것 같지?"

"계속 까불면 강제로 안면 숏 블록을 시킨다? 아니면 미스테리 탐구부에서 엄청 센 킥을 날리는 신발을 빌려와 볼까?"

"기억을 되찾기 위해서라면 뭐든지 협력하겠다는 이 마음을 알아준다면 뭐든 괜찮아. 그럼 난 뭘 하면 되는 거야?"

아이짱의 눈이 진지해지기 시작하는 걸 재빨리 확인하고 일시 퇴각.

어째서 미스터리 탐구부에 엄청 센 킥을 날리는 신발이 있는가 하는 의문은 일단 제쳐두고, 나는 말했다.

"그 뒤로 우리들이 이것저것 생각을 해 봤는데, 누가 한 가지 방법이 있다고 하네요."

"누군데?"

내가 벨에게 물어보는 것과 거의 동시에

"기다리셨죠, 벨 언니. 준비가 끝났어요."

침대를 가리는 커튼이 열리자 안에서 나온 사람은 벨을 언니라며 따르는 양호실의 치카 선생.

그렇다는 건, 벨이 이야기한 '방법이 있는 사람'은 치카 선생인가?

"그럼 넵튠 씨. 이쪽 침대에 누워 주세요."

"뭐, 뭐든지 한다고 하긴 했지만 가능한 한 아프게는 하지 말아 주세요. 치카 선생."

"괜찮아요. 자 빨리."

치카 선생의 말대로 침대 위에 눕자, 포근하고 달콤한 향기가 내 코를 간지럽힌다.

"후아아, 어쩐지 기분이 좋네."

"정신을 안정시키는 효과가 있는 향을 담요랑 베개에 뿌렸어요. 흔히 이야기하는 아로마라는 거죠."

그렇게 말하면서 치카 선생은 가운 주머니에서 긴 체인 끝에 길고 가느다란 팽이 모양의 투명한 돌이 달려 있는 펜던트를 꺼내더니 누워 있는 내 눈 앞에 대고 흔든다.

아, 이거 본 적이 있어. 그거지? '당신은 점점 잠이 옵니다.' 라고 하는.

"이거, 흔히 말하는 최면술이라는 거야?"

내가 물어보자

"맞아요. 좀 더 자세하게 말하면 퇴행 최면을 걸어서 마음속에 잠들어 있는 과거의 기억을 불러오는 거죠."

자신만만하게 치카 선생은 말했다.

최면술이라.

이런 건 좀 거부감이 느껴진다. 악덕 건설사 알바의 이상한 주술에 걸려 세뇌된 탓에 엄청난 일을 당했던 게 트라우마라고나 할까.

하지만, 갑자기 치카 선생이 머리에 구멍이 뚫린 종이 봉지를 쓰고 엄청 커다란 메스를 꺼내더니 '수술을 시작할까요.' 라고 하는 것보다는 낫다고 생각을 고쳐먹고,

"그럼, 잘 부탁드립니다!"

뭐더라, 국어시간에 배웠는데. 독 안에 든 쥐였나 쥐며느리였나? 여튼 그런 심정으로 전부 치카 선생에게 맡기기로 했다.

"그럼 시작합니다. 마음을 편안하게 하고, 이 수정을 가만히 바라보세요……. 천천히 흔들리니까, 시선을 따라서…… 그렇게."

수정이 좌우로 흔들린다. 나는 치카 선생의 말대로 수정에 시선을 집중한다.

"이제부터 당신의 의식은 높은 곳으로 올라갑니다. 몸이 깃털처럼 가벼워지고 하늘 저편으로 올라가는 걸 그려 주세요."

몸이 깃털처럼……. 하늘 저편…….

"당신의 눈앞에 부드러운 빛이 보입니다. 그 빛을 따르세요. 거기에 찾고 있는 답이 있을 겁니다."

빛…… 빛. 하아, 뭔가 커다란 별이 보이다가 사라졌다가…….혜성인가? 아니, 혜성은 좀 더 파앗 하고 움직이는 것 같기도 하고 아닌 것도 같고.

"빛이 당신을 감쌉니다. 그 저편에는 뭐가 보이죠? 보이는 걸 알려 주세요."

보이는 것…… 빛 건너편에 보이는 것…… 그것은…….

*

"이…… 있는 그대로 지금 떠올린 걸 말해 줄게! '치카 선생이 흔드는 수정을 보고 있는가 싶더니 어느 샌가 다음날 아침이었다.' 라는 거야. 최면술이라든지 초고속이라든지 하는 그런 허접한 게 절대 아니었다고. 훨씬 무시무시한 것을 살짝 맛본 것 같은 기분이었어."(그림문자 생략)

"최면술이야."

흥분해서 말하는 내 앞에서 느와르가 눈을 감고 손가락으로 관자놀이를 누르면서 딱 잘라 말했다.

"그렇구나, 최면술이었구나."

"최면술에 걸린 순간, 네푸네푸가 칠칠치 못하게 침을 흘리면서 그대로 잠에 빠진 시간이 초고속이었죠."

벨도 여전히 커다란 가슴 앞에 팔짱을 끼고 어이없다는 듯이 말한다.

"치카 선생, 질린 것 같더라. 아무리 흔들어도 때려도 일어나지 않으니."

"말단인 린다에게 이지 모드로 세뇌당하는 시점에서 알았어야 하는데."

아아~진짜로. 블랑도 아이짱의 목소리도 여느 때보다 싸늘하다.

"덕분에 오늘은 하루 종일 눈은 쌩쌩 머리도 상큼해서 수업에 집중할 수 있었어. 정말로 푸욱 잤다니까. 하하하하."

"하하하하가 아니야! 넵튠이 이러니까 마제콘느 선생이 우리들까지 싸잡아서 '진지하게 해!' 라며 화내는 거잖아!"

"아야, 아야! 느와르, 귀를 잡아당기면서 화내지 말라고! 늘어난다!"

집합장소로 즐겨 사용하고 있는 학원 안뜰의 카페테리아에 내 비명이 울려 퍼졌다.

주변에서 차를 마시거나 이야기를 나누는 다른 학생들이 깜짝 놀라 이쪽을 바라보고는 '뭐야, 또 저 녀석들이잖아.' 라는 표정으로 고개를 돌린다.

매번 떠들썩하게 해서 죄송합니다.

"아야야야. 게임에 나오는 엘프 같은 뾰족귀가 될 뻔 했잖아. 위대한 바람의 정령왕을 부르면 어쩔 건데?"

"그냥 그 주둥이를 잡아당기는 게 좋았으려나…… 어쨌건 오늘은 내 작전에 따라 줘. 그럼 그 복숭아 주스를 다 마신 뒤에 구교사로 이동!"

보건실 다음에는 구교사?

그리고 느와르의 작전이라는 건……. 내가 상상한 대로 구교사로 가니 기다리고 있던 사람은

"느와르에게 이야기는 들었어. 시간이 아까우니까 바로 시작하자."

이전 구교사 철거사건 때 신세를 졌던 전산 동호회 회장 진구지 케이였다. 케이군이라고 생각했지만 사실은 케이짱이었던 그 케이구나.

"또 어쩌구 시뮬레이션을 사용하려고? 그렇구나, 여러 가지 데이터를 사용해 내 과거를 시뮬레이션! 맞지?"

내가 그렇게 말하자,

"비논리적이고 엉뚱한 게 너다운 발상이네. 그 사고 과정은 굉장히 재미있어."

케이는 싱긋 웃고는 동호회 방에 늘어서 있는 컴퓨터 앞으로 나를 데려가더니 사장님이 앉을 법하게 생긴 근사한 의자로 안내한다.

"헤헤, 칭찬받았다."

"…… 빈정거리는 게 통하지 않다니, 어느 의미로는 최강이라니까."

"블랑, 지금은 쓸데없는 이야기는 하지 않는 게 좋아요. 그 뒤에 기다리고 있는 걸 생각하면, 기분이 좋을 때 속여서……."

"…… 쉿! 벨이야말로 섣불리 말하지 마."

"어머, 말실수를 했네요."

응? 뒤에서 무슨 얘길 하는 거지?

잘못 들었을 수도 있지만, 뭔가 속인다고 말한 것 같은데?

내가 뒤를 돌아 확인하려고 하자, 내 좌우에 서 있던 아이짱과 느와르가

"케이도 말했잖아, 시간이 아까워."

"이것도 네프코를 위한 거니까."

마치 외계인을 붙잡아 연행하는 것 같은 느낌으로 내 양손을 붙잡아 움직일 수 없게 한다.

"우와아! 갑자기 무슨 짓이야!?"

"케이! 빨리!"

느와르가 케이를 향해 소리를 지른다. 응? 응? 으으응?

뭘 하려는 건데!

−철컥

"으아아아! 뭐야 이건!"

그 순간, 의자에서 벨트 같은 게 튀어나와 내 배를 두른다. 몸이 수수께끼의 사장님 의자에 벨트로 묶여 버렸다.

우, 움직일 수 없어어어어……

"퇴행 최면의 유용성에 대해서는 어느 정도 인정하지만, 역시 나한테는 맞지 않는다니까. 이번에는 뇌과학적 방법을 시험해 보는 게 좋을 것 같아."

당황하는 내 옆에서 나와는 달리 보통 의자에 앉아 있는 케이가 앞에 있는 컴퓨터에 전원을 넣으면서 말했다.

거기에 연동하는 것처럼 내 앞에 놓인 컴퓨터도 전원이 들어온다. 커다란 액정 모니터에 빛이 들어오자 나는 '으아아~!' 하고 비명을 지르며 몸부림쳤다.

화면에는 3D로 만들어진 사람의 머리가 나타난다.

"안녕하세요. 넵튠 씨. 오늘의 트레이닝을 시작하죠."

그리고 갑자기 화면 속의 캐릭터가 아무리 들어도 '컴퓨터로 합성한 음성입니다!' 라는 느낌의 목소리로 말했다.

"트, 트레이닝?"

등에 식은땀이 흐른다.

"이건 르위 주에서 뇌의 활동과 구조에 획기적인 탐구 성과를 얻은 카와토리 교수의 이론을 토대로 만든 뇌 활동 활성화 프로그램에 내 이론을 더한 특별 버전이야. 이걸로 넵튠의 뇌를 최대한 활성화시켜 뇌 안에 잠든 기억을 강제적으로 끄집어내는 거지."

타닥타닥, 키보드로 뭔가를 입력하면서 케이가 진지하게 말했다.

뇌 활동 활성화 프로그램이라니……. 도대체 뭘 하려는 거지?

온몸에 식은땀이 흐르고 등줄기가 서늘해지는 불길한 예감은 점점 커지기만 한다.

그리고 그런 나의 예감은 적중했다.

"카와토리 이론의 기본은, 단순한 계산 문제를 연속으로 풀어서 뇌를 활성화시킨다는 거지. 원래는 하루에 십 분 정도가 적당하다고 하지만, 이번에는 8시간 동안 만 문제를 한번에 풀도록 했어."

"괜찮아! 십 분이면 충분해! 그런 서비스 필요 없어!!"

"걱정하지 않아도 돼. 답을 맞췄는지 틀렸는지보다 문제를 푸는 행위 그 자체가 중요하니까."

아무도 그런 걱정 안 해! 기억상실을 고치는 데 계산 문제 만 개를 풀라니 그게 뭐야!?

"문제를 전부 풀면 자동으로 묶은 게 풀리니까 느긋하게 게임처럼 즐겨 줘."

즐길 수 있겠냐!

싫어어! 풀어 줘! 빨리 벨트를 풀어!

"그럼 끝날 때쯤에 올 테니까 열심히 해."

유난히 상쾌한 미소를 띠운(드물게도 이까지 보이며) 느와르가 움직일 수 없는 내 손을 잡으며 말했다.

"끝날 때라니…… 몇 시간 뒤의 이야기인데?"

"나도 괴롭지만…… 너를 위한 거야."

"…… 그래, 넵튠을 위해서."

"힘내세요! 네푸네푸!"

"뭐, 이게 실패해도 다음 작전이 있으니까 걱정하지 마."

저기, 지금 재미있어 하는 거지? 느와르도 블랑도 벨도 아이 짱도 다들 재미있어 하는 거지?

진짜로 모두 나를 놔두고 떠나는 거야?

"준비는 끝나셨나요? 편한 마음으로 도전하세요. 그럼 첫 번째 문제."

싫어! 아무리 생각해도 싫다고!

"싫어어! 기숙사로 보내 줘!"

혼자 모니터 앞에 남겨진 나의 절규가 크지도 않은 전산 동호회 방에 허무하게 울려 퍼졌다.

이것이 생각하는 것만으로도 몸이 덜덜 떨리는 만 문제 지옥의 개막이었다.

III

"언제나 수업 전에 하는 계산 테스트에 지난번의 느와르에 이어 이번에도 만점이 나왔습니다. 이번에 만점이 나온 건 여신 후보과의 넵튠입니다. 모두들 박수~~"

짝짝짝.

이하는 반 친구들의 무난한 반응들입니다.

우와, 굉장하네. 넵튠짱, 의외로 잘하네. 느와르가 라이벌 선언을 할 만한데? 평소엔 대충 했던 거야?

"이야, 이렇게 말하는 것도 좀 그렇지만, 난 넵튠을 다시 봤어. 겨우 수학의 즐거움에 눈을 뜬 건가? 그렇다면 기쁜데."

"아아 그, 이번에는 여러 가지 사정이 있어서요…… 특히나 느와르 덕으로."

나는 멍한 눈으로 선생에게서 만점 답안지를 받으며 대답했다.

"아아, 그렇구나! 모두가 말하는 대로 느와르에게 자극을 받은 거야? 그렇구나. 그런 이유라도 괜찮아! 서로 경쟁하는 친구가 있다는 건 좋은 일이니까."

선생은 멋대로 긍정적인 방향으로 해석해서 몇 번이고 고개를 끄덕인다.

나는 부정할 기력도 없어 힘없이 웃었다.

그 이후에도 최면술로 푹 자서 쌩쌩했던 어제와는 달리 하루 종일 눈의 초점이 맞지 않았던 것 같고……

하지만 '뭐든지 할게!' 라고 선언했던 이상은 도망갈 수도 없다 보니 지친 몸을 이끌고 카페테리아로 향했다.

멋지다! 눈물난다! 주인공의 귀감! 게임업계 명작극장으로 애니메이션을 만든다면 시청률 20%는 넘을 거야!

녹초가 된 몸을 가까스로 끌고 테이블에 도착해 최소한의 구원으로 언제나 주문하는 특제 푸딩에 숟가락을 꽂으니,

"서, 설마 내가 넵튠에게 쪽지시험으로 지다니, 구, 굴욕이야. 어째서 이렇게…… 한 문제, 딱 한 문제 차이로…… 아아……."

당초의 목적을 완전히 잊어버린 느와르가 수학 수업에 좌절한 듯 넋을 놓고 있다.

"저기……."

푸딩의 당분 덕택에 멈춰 있던 뇌가 돌아가기 시작한 나는 말했다.

"문제는 그게 아니잖아! 그런 끔찍한 일을 당하게 하고 결국 기억이 하나도 돌아오지 않은 건 어떻게 할 건데!"

느와르뿐만 아니라 모두에게 말하고 싶다. 한 시간 정도 추궁하고 싶다. 이런 나의 뜨거운 항의에

"우리들이 평소에 네프코에게 휘둘리는 거에 비하면 그렇게 화낼 것도 아니잖아. 진정하라고."

아이짱이 조용히 말했다.

"이의 있소! 그건 논점을 벗어났습니다!"

지체 없이 나는 아이짱을 손가락질하며 반론한다.

"우와아, 이럴 때만 그런 식으로 말하다니 너무하네."

휘익, 휘파람을 부는 포즈로 아이짱은 내 눈을 피한다. 얼버무리지 말라고!

"…… 그럼 이제 그만 할래?"

블랑이 거기에 끼어든다.

빨대로 컵에 든 우롱차를 마시면서

"…… 넵튠의 기억이 돌아오든, 돌아오지 않든 우리들의 관계는 변하지 않아. 그걸 정하는 건 넵튠이야."

언제나의 냉정한 눈빛으로 그렇게 말하고는 종이컵을 테이블 위에 놓는다.

"그…… 그런 말을 들으니……."

나도 마음이 약해진다. 학장실에서 본 네프기어의 슬픈 얼굴이 머릿속에 떠오른다.

"그만둘 생각이면 컴파에게 맡겨둔 동생들을 보러 갈게. 조금은 놀아주고 싶기도 하고."

그렇지, 블랑도 느와르도 오래간만에 재회한 동생들과 느긋하게 이야기하며 놀고 싶은 걸 참고 나를 위해 여기 있는 거였지.

그런 생각을 하고 있자니, 이 우정을 고마워는 못할망정 민폐라고 생각하는 것도 안 되겠고 사소한 걸로 화를 내는 것도 잘못한 것 같다.

"화, 화내서 죄송합니다. 계속 하죠."

응, 그래. 모두들 나쁜 마음으로 이러는 것도 아니고.

생각을 고쳐먹은 나는, 얌전히 고개를 숙였다.

"…… 응, 알았어."

블랑은 고개를 끄덕이고는, 가만히 내 눈을 바라본다.

그 눈에 뭔가 수상쩍은 빛이 느껴져서 내가,

"저, 저기요. 블랑 씨."

"…… 내 계획을 설명할게. 고명한 닌자의 수행을 참고로 한 거야."

잠깐! 역시 잠깐! 또 뭔가 무모한 걸 하려고 하잖아! 블랑!

"내가 던지는 아령과 어묵을 순간적으로 판별해서……."

"싫어! 싫다고! 아령도 그렇지만 어묵은 또 뭐야? 무슨 소린지 모르겠어!"

"…… 그건 나한테 말하지 말고, 옛 닌자에게 말해 줘."

"장난하는 거지? 역시 모두들 나를 갖고 노는 거지!?"

"그럼 네프코, 이건 어때? 아주 간단한데. 전기를 좀 사용하긴 하지만……."

"전기를 사용한다는 것 자체가 위험하잖아! 부탁이니까, 조금은 부드러운 걸 생각해 달라고!"

"그럼 제가 생각한 건 어떨까요? 칠천 계단을 올라간 곳에 있는 사원에서 드래곤의 언어를 배우는 건데요."

"부드럽긴 뭐가! 그리고 그거 기억이랑은 상관 없잖아!"

"원래 게임 내용과는 좀 관련이 있는데요."

"원래 게임 내용은 상관 없어!"

그 뒤로도 제안이 계속해서 나온다.

위험한 거라든지, 위험할 것 같다든지, 그리고 위험한 분위기가 맴도는 '내가 생각한 제일 좋은 작전'들. 아니, 전부 위험한 것들이잖아!

어제의 만 문제 계산 지옥의 대미지가 아직 남은 데다 평소에 딴지를 거는 데에는 익숙하지 않다 보니 나도 이제는 한계까지 와 있다.

아아 이제, 시간이 보여요. 누군가 나를 올바른 방향으로 인도해 주세요. …… 라고 이상한 이야기를 하려던 그때.

"이, 이제 그만 하세요!"

내 뒤에서 느껴지는 충격, 그리고 나를 꼬옥 끌어안는 감촉이 느껴진다.

어라? 이 감촉은 며칠 전에 느꼈던 것 같은데…….

"네, 네프기어!?"

깜짝 놀란 아이짱의 목소리가 들렸다.

그 순간 생각났다. 아아 그렇지. 네프기어가 뒤에서 나에게 부딪혔을 때와 똑같은 감촉이다.

"네풋!? 네프기어, 왜 여기 있는 거야?"

그렇다는 건 아까의 '그만 하세요!' 라는 목소리의 주인공도 네프기어라는 거네.

네프기어에게 안긴 채로 고개를 돌려 내가 말하자, 네프기어는 내 질문에는 대답하지 않고

"더 이상…… 더 이상 언니에게 위험한 일을 시키지 마세요!"

깜짝 놀라 이쪽을 보고 있던 모두를 향해 말했다.

그리고 잠시 후,

"기, 기어짱, 기다려 주세요!"

"갑자기 달려가지 마! 무슨 일인가 했잖아."

"숨바꼭질을 할 거면 처음부터 말하라고!"

"……달리기, 못해. (훌쩍)"

뒤에서 컴파와 동생들이 달려왔다.

"컴파 씨, 어떻게 된 거에요?"

예상 못한 대집합에 벨이 물어보니,

"방해해서 죄송해요. 모두 같이 산보라도 하자고 제가 이야기했어요."

급히 달려온 듯, 숨을 내쉬며 컴파가 말했다.

"카페에서 차라도 마시려고 했는데, 아령이 어쩌고 드래곤이 어쩌고 여러분들이 이야기하는 게 들려와서 갑자기 기어짱이 달려갔어요. 너무 빨라서 쫓아올 수 없었어요……. 후우……."

"이야기라기보다는 싸움이라도 하는 것 같았는데."

숨을 내쉬는 컴파에 뒤이어 유니짱이 말했다.

"오, 오해야 유니. 우리들은 싸움 같은 거 안 했어. 넵튠의 기억을 되찾기 위해서는 어떻게 해야 할지 이야기한 것뿐이야."

싸움이라는 이야기를 듣자 당황한 듯, 느와르가 변명처럼 말했다.

네프기어는 그 이야기를 듣자 나를 더욱더 세게 끌어안는다.

"컴파 씨에게 이야기는 들었어요. 하지만 아까 말한 것 같은 위험한 방법은 하지 마세요. 만일 언니가 다치기라도 하면 아무런 소용이 없잖아요!"

정중하지만 당찬 어조로 네프기어가 말했다.

그 말이 내 가슴을 찡하게 한다. 좋은 말을 하네, 네프기어.

"언니의 기억이 돌아오면 물론 기쁠 거예요. 하지만 비록 기억을 못한다고 해도 언니가 제 언니인 건 변함이 없어요. 그러니까 더 이상 언니를 괴롭히지 마세요."

이 아이는 착한 아이로구나! 올곧고 솔직하고 착한 아이인 네프기어. 그 증거로

"찌잉~"

아이짱이 또 넘어간 것 같다.

아니, 아이짱이 당한 건 넘어가더라도 나를 끌어안은 손을 잡으면 이유 같은 건 따지지 않더라도 본능적으로 알 수 있다.

이건 역시, 우리들이 진짜 자매니까…… 그렇겠지.

그때 나는 생각했다.

모두들 "네프기어를 자극하니까 지금은 만나지 않는 게 좋아."라고 말했지만, 네프기어와 제대로 이야기를 하고 싶다고.

그래, 생각해 보면 잃어버린 기억, 다시 말해 내 과거를 제일

잘 알고 있는 사람의 이야기를 듣는 게 중요하지 않을까?

그게 기억을 되찾는 제일 빠른 길이 아닐까? 응, 분명히 그럴 거야.

"네프기어……."

"언니……."

나는 다시 한번 네프기어의 손을 잡고는 모두에게 말했다.

"부탁이야, 네프기어와 단 둘이 있고 싶어."

IV

"음, 으음."

"응?"

"음, 저기."

"왜?"

아, 안되겠어.

난 처음 보는 사람 상대로도 주절주절 이래저래 이야기해서 친해질 자신이 있고, 실제로 컴파와도 곧바로 친구가 됐고, 아이짱과 느와르, 벨과 블랑, 치카 선생이랑 케이……. 응 어떤 사람이라도 쉽게 친해지니 이번에도 괜찮을 거라고 생각했지만,

(나, 나오지 않아……. 이야기의 화제가 떠오르질 않아!)

네푸네푸 위기 상황! 어째서 이럴 때는 평소처럼 안 되는

걸까.

어떻게 하지? 어떻게 하지 네푸네푸!? 머릿속에는 '싸운다' '주문' '도구' '도망간다'라고 적힌 카드를 손에 쥔 채 당황한 내 모습이 있었다.

안돼안돼! '도망간다'는 안되고, '싸운다'를 선택해서 어쩔 건데.

도대체, 자매간에는 어떤 이야기를 해야 하지? 친구랑 이야기하는 거랑은 조금은 다르지 않을까? 뭔가 그, 가족에게만 할 수 있는 고민 상담?

다른 자매들은 어떻게 이야기를 하는 걸까, 참고해야겠다. 나는 일어나 하늘이나 꽃을 보는 척 하면서 가까이에 있는 자매에게 눈을 돌렸다.

우선은 블랑, 롬, 람 자매부터.

"언니, 이것 봐! 이거 지난번에 얻은 슈퍼 레어 카드야. 굉장하지!"

"…… 내 카드도 반짝거려. 이것도 봐줘. (생글생글)"

"…… 둘 다 무른데. 나는 둘 다 세 장씩 컴플리트했지."

우와, 유치해라.

바람을 타고 들려오는 대화 내용으로 봐서는 게임센터에 있는 게임기용 카드 자랑을 하고 싶은 동생들 상대로 블랑이 반격한 것 같다.

애들 상대로 뭘 저렇게……. 둘 다 화내는 거 아니야? 라고

생각했는데,

"진짜!? 굉장하다, 굉장하다아!"

"…… 역시 언니야. (반짝반짝)"

어라라, 롬도 람도 반대로 엄청 흥분하잖아. 어째서?

"어떻게? 어떻게 그렇게 다 모은 거야?"

"여기저기 게임센터에 간 거야? (두근두근)"

"…… 내가 언니니까."

"와아!"

"와아……!"

와아! 나도 마음 속으로 그렇게 외친 순간, 알게 되었다.

저건 '내가 언니니까(쓸 수 있는 금액이 달라)'라는 뜻이겠지만 쌍둥이들은 블랑을 존경의 눈빛으로 보고 있다.

과, 과연. 아무리 노력해도 언니를 따라갈 수 없다는 걸 보여 줘서 언니로서의 위엄을 높여 존경하게 한다…… 라는 커뮤니케이션인가.

좋았어, 참고하도록 하고 다음은

휘파람을 불거나 기지개를 켜는 것처럼 몸을 움직여, 이번에는 느와르와 유니 자매를 관찰한다.

"이렇게 둘이 이야기하는 것도 오래간만이네. 넌 어때? 갑자기 섬의 분교에 간다고 했을 때는 깜짝 놀랐지만, 많이 익숙해졌어?"

"뭐, 뭐어 그럭저럭. 나, 나보다 언니는 어때?"

뭔가 이쪽은 우리들과는 또 다른 느낌으로 대화가 어색하다.

"나? 나는 매일 충실하게 지내고 있어."

"예, 예를 들면?"

"예를 들면……. 그렇지, 지난번에 전교생 앞에서 학원의 횡포에 대해 호소해 같이 일어나 싸우자는 연설을 했는데 나름대로 귀중한 체험이었어."

"전교생 앞에서 연설……."

"유니 이야기도 듣고 싶어. 섬 생활은 어때?"

"음, 도시에서는 맛볼 수 없는 일이 많아서 질리지 않아……. 산봉우리에서 떠오르는 아침 해를 보고, 바다에 가라앉는 저녁노을을 보는 것만으로도 마음을 씻어 내리는 느낌이야. 섬사람들도 모두들 굉장히 친절하고, 친구도 많이 생겼어."

"치, 친구라면 나도 있어!"

"왜, 왜 갑자기 소리를 지르는 건데, 언니. 넵튠이랑 모두를 말하는 거지? 나도 알아!"

아니야, 이건 어색해 하는 게 아니야.

서로 솔직하지 못하다고나 할까……. 저 둘은 확실히 피가 이어진 자매라니까. 옆에서 슬쩍 봐도 진짜로 닮았네.

아, 그렇구나. 이런 패턴도 괜찮겠네.

네프기어를 보면 말하는 거나 성격은 나랑 전혀 다르지만 자매니까 뭔가 공통점이나 닮은 부분이 있을 거야. 그걸 찾아보자.

으음, 정리를 해 보면

1. 언니가 잘하는 걸 보여줘서 존경을 받는다.
2. 공통점이나 닮은 부분을 찾아 그걸 계기로
   이야기를 풀어간다.

좋았어, 어떻게든 될 것 같은데.

나는 여기저기 흘끔거리던 시선을 다시 네프기어에게 향했다.

네프기어는 뭐가 이상한 건지 손으로 입가를 가리며 웃음을 참고 있었다.

"왜 그래? 나 뭔가 이상한가?"

"아, 미안해. 이상한 게 아니라 언니는 역시 언니 그대로구나 하는 생각이 들어서."

내가 물어보자 네프기어는 귀엽게 손을 흔들며 대답했다.

"언니, 어떻게 나랑 이야기할까 생각했지? 그래서 블랑 씨나 느와르 씨가 어떻게 이야기하는지 참고하려고 한 거잖아, 그렇지?"

"그, 그래……."

바로 들통 났다. 하, 하긴 이렇게 여기저기 둘러보고 있으면 들통 나겠지.

단념하고 내가 솔직히 대답하자 네프기어는 말을 이었다.

그리고 그 말에 나는 깜짝 놀랐다.

"그렇구나, 언니랑 내가 같이 좋아하는 것 중에서 언니가 잘

하는 거라면······ 역시 게임이려나."

거, 거기까지 알아낸 거야!?

"후후, '어떻게 거기까지 알아낸 거야?' 라는 얼굴을 하고 있네. 바로 알 수 있어. 그거야 나는 계속 언니를 보고 있었고, 계속 언니랑 같이 있었고······. 계속 언니를 생각했었고."

"계속······."

"그래, 계속."

네프기어는 내 눈을 똑바로 바라보며 몇 번이고 되풀이한다.

그리고 옆에 놓여 있던 가방 속에서 "이거." 라며 휴대용 게임기를 꺼내서 나에게 보여 준다.

"그 게임기는······."

나도 책가방을 주섬주섬 뒤져 언제나 가지고 있는 게임기를 꺼냈다.

"나랑 같은 N기어네."

"그래, 언니. 언니도 그건 잃어버리지 않았구나."

"잃어버리지 않았다고나 할까, 이건······."

N기어는 컴파가 나를 도와줬을 때, 아니 주웠을 때 내가 계속 손에 쥐고 있던 물건이다.

기억상실증에 걸렸지만, 사용하는 법은 간단해 바로 알 수 있었다.

인터넷에 연결하면 다운로드로 파는 게임도 할 수 있다는 걸 알게 돼서 소중하게 지녀 왔어.

그 이야기를 네프기어에게 하니,

"언니가 '지상계의 재미있는 게임을 하고 싶어!'라고 말해서 내가 설정해 줬어."

네프기어가 웃으며 말했다.

"네프기어가?"

"응. 전에도 말했지만, 나도 바다에 빠졌을 때 이건 손에서 놓지 않았어."

"그렇구나. 아, 하지만 망가졌다고……."

"이젠 수리했어. 이 학교는 굉장하더라. 컴파 씨에게 이야기하니 구교사라는 곳으로 데려가 줬어. 필요한 부품이랑 도구가 다 있더라고."

아, 확실히 전산 동호회나 로봇 탐구회에 가면 뭐든 구할 수 있으니까.

그래도 이런 복잡해 보이는 기계를 척척 고치다니 네프기어는 굉장한 아이일지도 모르겠다.

하지만 지금은 그런 것보다

"그럼 같이 놀아볼까?"

겨우 찾아낸 공통의 화제를 끄집어내는 게 중요하다. 거기다가 반갑게도 내가 좋아하는 게임이라면 더욱 더.

"응, 알았어. 어떤 게임을 할래? 역시 유행하는 사냥 게임?"

"음, 그것도 좋지만 나 이거 2인 플레이로 해보고 싶었어."

이거, 라고 말하면서 내가 불러낸 건, 나중에 산 게 아니라 처음부터 N기어에 있었던 액션 게임이었다.

"이건 혼자서도 할 수 있지만 원래는 둘이서 협력 플레이를 해야 하는 것 같아. 네프기어 게임기에도 들어가 있어?"

"물론이지!"

네프기어는 고개를 끄덕이며 자신의 N기어를 조작해 타이틀 화면을 보여줬다.

"오오! 역시 자매라서 게임 취향도 비슷한 건가?"

"응? …… 응, 그렇구나."

"좋았어! 그럼 자매끼리 힘을 합쳐서 공략해 보자!"

겨우겨우 여느 때의 나로 돌아와 그렇게 말했다.

만나고 나서 처음. 이라고 해야 할까, 재회하고 나서 처음이라고 해야 할까. 겨우 나도 네프기어도 서로 웃는 얼굴로 대화를 나눌 수 있었다.

게다가, 중요한 플레이는 깜짝 놀랄 정도로 호흡이 척척!

"앗, 오오! 저기저기!"

"또 그렇게 억지로 파고드네. 잠깐만 기다려 봐, 지금 내가 뒤에서 엄호할게."

"오오, 오오!? 나이스 서포트!"

"헤헤헤. 아, 다음은 함정이 엄청 많으니까 조심해."

"오케이! 나한테 맡겨!"

네프기어는 정말이지 눈치가 빠르다고나 할까, 내가 '이거 힘들겠는데.' 라거나 '이쪽 적은 해치워 줬으면 좋겠는데.' 라고 생각하면, 내 마음을 읽는 것처럼 정확하게 서포트를 해 주었다.

덕분에 혼자서 하던 때에는 고전했던 보스도 쉽게 공략하고 지금까지 가보지 못했던 스테이지도 처음으로 깼다.

하지만, 하지만.

"굉장해, 굉장해 네프기어! 우리 완벽하잖아!"

"그거야, 언니가 꼭 엔딩을 보고 싶다고 해서 손가락에 굳은살이 박힐 정도로 특훈했으니까. 나는 액션 게임은 잘 못하잖아."

다섯 번째 스테이지를 할 때였나. 네프기어가 아무렇지도 않게 던진 그 말을 듣는 순간, 들떠서 마냥 소리 지르던 내 가슴에 와 닿는 무언가가 있었다.

'나는 액션 게임은 잘 못하잖아.'

보통 친구와 대화를 나눌 때라면 아무렇지도 않을 그 한마디.

아, 그렇구나. 의외로 노력파구나. 그렇게 흘려 버릴 한마디.

그게 어째서 이렇게 신경이 쓰일까? 왜 가슴에 와 닿는 걸까.

그 이유가 뭔지 알아챘을 때, 지금까지 신나게 키를 조작하고 있던 내 손가락이 멈췄다.

조작하던 캐릭터가 적탄을 맞아서 미스 1회, 경고음이 퍼진다.

"왜 그래, 언니?"

이상하다고 생각했는지 네프기어가 내 얼굴을 바라본다.

왜라니, 네프기어…….

나는 네프기어의 얼굴을 제대로 바라볼 수가 없었다.

왜냐고? 그게, 그게 말이지, 네프기어는 액션 게임을 잘 못하지만 내가 엔딩을 보고 싶다고 해서 어떻게 해서든 내 도움이 되고 싶어서 굳은살이 박히면서까지 연습했다잖아.

그건, 내가 기억상실증에 걸리기 전에도 이렇게 같이 게임을 했다는 거구나.

내가 아무것도 생각하지 않고 그날그날 기분에 따라 플레이하는 걸 네프기어는 언제나 지금처럼 서포트를 해 줬구나.

액션 게임은 잘 못한다며? 일부러 특훈을 한 거야?

그건 전부전부전부, …… 나를 위한 거구나.

바보! 나는 바보야! 뭐가 호흡이 척척 맞는다는 거야! 들떠 있을 때가 아니잖아! 나 네프기어에게 너무 심하게 군 거 아닐까?

같이 게임을 하면 사이가 좋아질 거라니, 당연하잖아. 예전부터 사이가 좋았는걸, 분명히!

네프기어는 나를 위해서 못하는 게임이라도 특훈을 할 정도로 나를 좋아하고, 제멋대로인 나를 위해 게임기 설정을 일부러 해 줄 정도로 나를 좋아하고……

행방불명이 된 나를 힘들게 찾을 정도로 좋아하는걸!

기억상실증에 걸려 네프기어를 어떻게 대해야 할지 알지 못했던 내 기분을 알아줄 정도로 좋아하는걸!

내가 자연스럽게 '그럼 게임이라도 할까.'라고 대화의 주제를 만들 수 있게 배려해 줄 정도로 나를 좋아한단 말이야! 네프기어는!

그런 아이가 내 동생이야. 나도 네프기어를 좋아했을 거야.

착한 아이니까! 다정하고! 귀여운걸!

그런데, 그런데 나는 그런 네프기어에 대해 아무것도 기억하지 못하고 있어.

너무하잖아? 조금도 기억 못하는 주제에, 뭐가 '그럼 자매의 힘을 합쳐서'라는 거야. 네프기어의 마음을 생각한다면 그렇게 가볍게 말할 게 아니잖아.

"…… 안해……."

"어, 언니?"

"미안해……. 미안해, 네프기어……."

"왜 사과하는 거야? 한 방 맞은 것뿐이잖아. 바로 따라잡을 수 있어."

이것 봐, 다정하잖아.

이것 봐, 또 나를 걱정해 주잖아.

그렇게 생각하니, 감정이 북받치는 걸 억누를 수 없었다.

"아니야……. 아니야."

나는 똑똑 떨어지는 눈물을 N기어의 화면에 흩뿌리며 말했다.

"나……. 나, 어째서 기억하지 못하는 걸까? 이렇게 나를 좋아하고 나를 생각해 주는 네프기어를 왜 기억하지 못할까……."

"…… 언니."

"…… 싫어…… 싫어. 기억 못하는 건 싫어! 같이 게임을 했

던, 이렇게 다정한 동생을 잊어버리는 건 싫어!"

"언니!"

네프기어가 내 목덜미를 감싸듯 끌어안았다. 부스럭거리는 소리와 함께 나와 네프기어의 N기어가 잔디밭 위로 떨어진다.

"언니 실격이야! 동생을 괴롭게 하고, 나는 나쁜 언니야. 우와아앙!"

롬짱이나 람짱보다도 더 어린 아이로 돌아간 것처럼 나는 울었다.

엉엉 울었다.

그래도 네프기어는,

"그런 말 하지 마! 나는 언니가 살아 있어서, 건강하게 있어줘서, 멋진 친구가 생겨서, 정말 기뻐!"

내 귓가에 속삭여 주었다.

"나야말로, 언니의 마음도 생각하지 않고 갑자기 울고, 심한 말을 하고, 사과해야 할 건 나야. 미안해 언니, 미안해……."

"네프기어…… 네프기어."

"언니…… 언니!"

눈물범벅이 돼서 제대로 앞도 못 보는 상황에서 나는 손을 허우적거려 네프기어의 등을 찾아내 꼬옥 끌어안았다.

하느님……. 으응, 악마라도 몬스터라도 괜찮아.

다시 한 번, 다시 한 번 약속할게!

계산 만 문제라도 풀 거고, 수행이든 뭐든 할 거야! 그러니까,

그러니까 내 기억을 돌려줘! 네프기어와의 추억을 돌려줘! ……
돌려주세요!

마음속으로 몇 번이고 외치면서 나는 네프기어를 끌어안고 울
기만 했다.

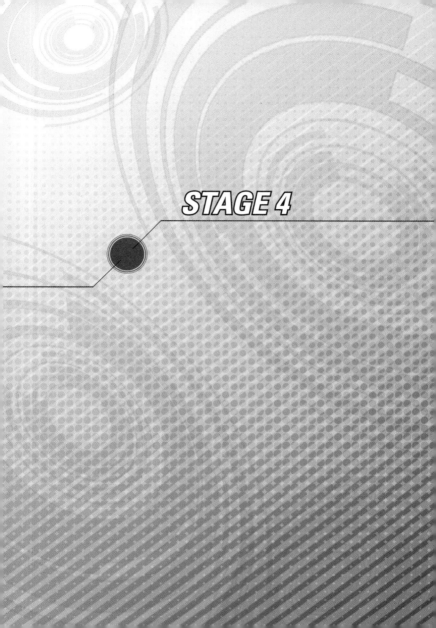

STAGE 4

1

"기어짱, 잘 자는 모양이네요. 요 사흘간 제대로 자지 못했던 것 같으니까 조금이라도 푹 쉬면 좋겠어요."

침실로 통하는 문을 소리가 나지 않도록 조용히 닫으면서 컴파가 말했다.

"네푸네푸 침대를 쓸 건데 괜찮아요?"

"응, 오케이오케이. 나중에 나도 같이 잘 거니까."

아직도 조금 부은 눈을 깜박거리며 나는 대답했다.

그 뒤로 같이 울었던 네프기어와 나는 더 이상 보고 있을 수 없어 달려온 컴파와 아이짱의 부축을 받으며 플라네튠 기숙사에 있는 우리 방으로 돌아왔다.

컴파가 말한 것처럼 가뜩이나 제대로 자지 못했던 네프기어는 아까의 일로 체력을 완전히 써 버린 듯, 방에 도착하자마자 기절하는 것처럼 꽈당.

룸메이트 셋이 다리가 낮은 동그란 테이블을 둘러싸고 앉자 아이짱이 먼저 입을 열었다.

"그건 그렇고 네프코에게 그런 면이 있었다니……. 아니, 은근슬쩍 넘어가거나 바보 취급하는 게 아니야. 솔직히 말해 네가 천계 사람이라는 건 아직 실감 나지 않지만……. 그걸 빼면 네프코도 보통 여자아이구나."

"아하하, 아까는 흉한 모습을 보여서 미안해. 조금 부끄럽네."

나는 그렇게 대답했다. 내 기분도 어느 정도 진정되었다.

나도 모르는 사이에 뭐라고 말해야 할까…… 가슴속에 많이 쌓여 있었나 보다. 하지만 엉엉 울어 눈물과 콧물을 한번에 내보내서 다행이다.

나처럼 네프기어도 조금은 마음이 가벼워졌으면 좋으련만.

"컴파도 고마워. 네프기어만이 아니라 유니짱과 롬짱, 람짱까지 돌봐주고, 밥이나 목욕 준비하느라 힘들었지?"

"아니에요. 모두들 정말로 착한 아이들이었는걸요. 람짱은 활기가 넘쳤지만 기어짱이랑 유니짱이 제대로 언니 노릇을 해줬어요."

"확실히 그 두 사람은 착실하단 말이야, 성실하다고 해야 하나, 노력가라고 해야 하나. 유니는 뭘 착각하고 있는 건지 언니를 과대평가해서 자기도 지지 않아야 한다고 생각하는 것 같고, 네프기어는 불평 한마디 하지 않고 네프코를 챙겨 준 것만 해도 대단하다니까."

웅웅, 혼자서 고개를 끄덕이며 아이짱이 말한다.

"으음, 그 뒤가 켕기는 말투는 뭐야? 은근슬쩍 넘어가지 않겠다며?"

"아, 미안미안. 나도 모르게 여느 때의 버릇이…… 뭐 어찌됐건 갸륵한 네프기어를 생각해서라도 네프코의 기억을 되찾아줘야 할 텐데, 실제로는 어쩌려나."

아, 문제는 그건가.

이젠 남의 일처럼 말할 때가 아니지만.

"네푸네푸의 기억도 중요하지만, 그것 말고도 중요한 게 있어요. 기어짱의 말로는 네푸네푸가 원래 살고 있던 천계도 뭔가 위험해진 것 같고, 또 다른 세계의 문제도 있고, 매직 컴퍼니 사람들도 가만히 놔둘 수 없고……. 사실은 이런저런 문제가 많네요."

컴파의 말까지 더해져, 세 명 모두 미간에 주름이 잡힌다.

"알고 있어, 알고 있어 컴파. 하지만 역시 나라도 이렇게 연달아서, 그것도 짧은 기간에 이런저런 일들이 터지면 처리할 수 없다고. 그럴 때는 하나씩 집중해서 정리하는 게 제일이야."

"그런가요?"

"마제콘느 선생과도 잠깐 상담을 해 봤는데, 천계의 일과 도망친 매직 일당의 건까지 포함한 또 다른 세계에 대해서는 마제콘느 선생이 정보를 정리해 주기로 했어. 그러니까 우리는 우선 네프코의 기억에 대한 것에만 집중하자고."

"잠깐 상담이라니, 아이짱 어느 새? 요즘엔 계속 나랑 같이 있었던 것 같은데."

"그건 기업비밀이랍니다. 제 전문 분야니까요."

아이짱이 후후훗 하고 웃으며 자랑스럽게 가슴을 펴고 말했다.

아이짱이 벨이랑 컴파의 말투를 따라 하는 건 침울한 나를 즐겁게 하려고 그런 건가?

"저기, 저도 아이디어가 있는데. 들어 볼래요?"

컴파가 주저하며 손을 들고 말했다.

"아이디어?"

나는 말했다.

그러고 보니, 그동안 네프기어 일행을 돌보느라 컴파의 작전은 들은 적이 없구나.

응, 지금은 정말 고양이 손이라도 빌리고 싶을 정도니 뭐든 말해 봐.

"음~ 그럼 컴파 군, 말해 보게나."

"네, 이것도 기어짱에게 들었는데 네푸네푸는 기억상실증에 걸리기 전에 몇 번인가 일을 땡땡이치고 기어짱과 함께 몰래 지상에 놀러 갔던 것 같더라구요."

"…… 일을 땡땡이치고 말이지."

빤히 나를 바라보는 아이짱의 시선이 내 가슴을 찔렀다.

"아이짱, 지금은 긴급사태야. 사소한 딴지는 나중에 걸어 줘."

"네입네입. 컴파, 계속 말해 줘."

"네, 그때 두 사람 다 이 학원이 있는 하네다 시티에 온 적이 있다고 해요. 그래서 제가 생각한 게 말이죠, 다음 휴일에 네푸네푸와 기어짱에게 추억이 있는 장소를 모두 함께 돌아다녀서 기어짱에게 이런저런 이야기를 듣는다면 네푸네푸도 뭔가 기억나는 게 있지 않을까요? 어때요? 이 아이디어."

나와 네푸기어에게 추억이 어린 장소를 돌아본다.

"만약에 잘 되지 않아도 모두 같이 쇼핑이나 식사를 하면 새로운 추억이 생기는 거잖아요. 그건 그것대로 좋지 않을까요?"

잘 되지 않아도 네프기어와의 새로운 추억이 생긴다.

나는 마음속으로 그 말을 되풀이하면서, 컴파의 얼굴을 빤히 바라본다.

"…… 여, 역시 안될까요. 내 아이디어는."

무슨 소리신가요! 뭐가 안된다는 거야! 안되긴!

나는 컴파의 손을 붙잡고 반질반질한 손에 빰을 비비며 말했다.

"그거야, 컴파! 좋은 이야기입니다! 나는 그런 걸 기다리고 있었다고!"

"네, 네푸네푸?"

멀쩡한, 정말 멀쩡한 아이디어다.

괴롭지 않고, 아프지 않고, 희망을 느끼게 해 주고, 부드럽고, 명랑하고. 이제 아무것도 두렵지 않아.

"고마워, 고마워 컴파. 완벽한 작전이야, 응!"

"너, 너무 띄워 주는 거 아니에요? 나는 네푸네푸와 기어짱에게 제일 좋은 방법이 뭔지 생각한 것뿐이에요."

"그래, 그 마음! 소중한 건 마음이라고!"

컴파의 양손을 붙잡고 아래위로 흔들면서 내가 말하자,

"이런이런, 여느 때의 모습으로 돌아온 게 좋은 건지 나쁜 건지. 아이디어 자체는 나도 좋다고 생각해. 오히려 왜 처음부터 떠올리지 않았을까, 우리들."

아이짱도 '흠흠' 하며 고개를 끄덕인다.

"좋았어. 방침이 정해진 이상 우리들도 체력을 회복해야지. 응, 이제 자자. 빨리 자자!"

역시 주인공이 훌쩍훌쩍 울면 한심하다니까.

컴파 덕분에 활기를 찾은 나는 그렇게 말했다.

그날 밤 나는 네프기어와 나란히 같은 이불을 덮고 잠들었다.

네프기어는 지금까지 무리했는지, 내가 옆에서 부스럭거려도 일어날 기미를 보이지 않는다.

조금 흘러내린 이불을 어깨까지 덮어 주자, 어쩐지 굉장히 사랑스러운 느낌이 들어서…… 나는 조금이나마 언니다운 온기를 주기 위해 네프기어의 머리를 내 가슴으로 끌어당겼다.

기다려, 네프기어. 그렇게 울린 것만큼 너에게 웃음을 돌려줄 테니까.

나, 반드시 네 기억을 떠올릴 테니까!

II

어딘가의 항만지대…… 구석에 있는 창고 거리에 낡고 녹슨

지게차가 차체를 삐걱거리며 지나간다.

짐은 중형 컨테이너 하나. 짐의 주인인 기업명이 인쇄된 곳은 하얀 페인트로 대충 덧칠해 지웠다.

사정이 있을 법한 그런 컨테이너를 싣고 온 지게차는 어느 창고 앞에서 엔진을 멈췄다. 동시에 운전석에서 긴 부츠를 신은 다리가 나오더니

"영차."

라는 가벼운 기합과 함께 그림자가 지면으로 내려온다.

가벼운 몸놀림이 아무래도 소녀 같다.

"전무, 컨테이너 말인데요. 뒤쪽 셔터 앞에 세워 두면 될랑가요?"

입고 있는 잠바의 후드에서 흘러내리는 머리카락을 상하로 흔들며 어두운 창고를 향해 소리 지른다.

머리가 부자연스럽게 흔들리는 건 소녀가 엉거주춤한 자세로 등을 구부린 채 머리를 낮게 흔들면서 걸어오기 때문이다.

얼굴에는 억지로 지은 웃음을 띠고 수상쩍은 말투를 쓰는 소녀의 이름은 린다. 악덕 업자로 최근 업계에 악명을 떨친 건설 회사, 매직 컴퍼니의 말단 아르바이트다.

창고라고 해 봤자 아무런 짐도 없이 그저 넓기만 한 썰렁한 공간에 린다의 목소리는 몇 번이고 탁한 반향음을 울렸다.

그러자,

"늦어! 너무 늦다고!"

그 반향음을 밀어내듯 창고 가운데에서 짜증내는 듯한 남자의 굵직한 목소리가 울렸다.

"꺄, 꺄아악!"

창고 천장에 달린 채광용의 얇은 유리창이 떨릴 정도로 성난 목소리다. 두려운 듯 몸을 움츠리는 린다의 시선 저편에, 성난 목소리의 주인공이 서 있었다.

인간이 아닌 듯한 기묘한 얼굴과 거구가 여전히 보는 사람들의 마음에 강렬한 인상을 남기는 그 남자—주식회사 매직 컴퍼니 전무 트릭 더 하드다.

"도대체 얼마나 우리를 기다리게 해야 속이 풀리겠나!"

트릭은 카멜레온처럼 거대하고 툭 튀어나온 눈으로 린다를 노려보며 말했다.

"죄, 죄송합니다, 죄송합니다! …… 그런데 전무, 저는 약속한 시간에 맞춰서 물건을……."

"바보 녀석! 그게 아냐! 이 몸의 출연이 늦단 말이다!!"

"…… 네!?"

"뭐야 이 위치는. 반도 아니고 삼분의 일 정도 남은 시점에서야 겨우 우리 순서가 돌아오다니, 밸런스가 이상하지 않아? 지난 회에는 차례 배정도 조금 더 배려했잖아……."

"저, 전무……."

아무래도 자기 실수를 비난하는 게 아니라 안심하는 게 30%. 불법적인 수단을 사용해 폭리를 취한 악덕 건설 회사라고는

하지만, 임원으로 있는 상사가 별거 아닌 일로 화를 내서 한심한 게 70%로,

"그런 건 넘어가자구요……. 그런 메타포같은 이야기는 그 바보 학생들에게 맡기면 되잖아요. 그것보다 빨리 물건을 확인해 주세요."

린다는 '물건'이라고 말하면서 어깨 너머로 창고의 입구에 서 있는 지게차를 손가락으로 가리키고는 격노하는 트릭에게 충고하듯이 이야기했다.

"뭐여, 이 녀석. 말단 주제에 전무인 이 몸에게 함부로……."

그 한마디로 더욱더 기분이 상한 트릭이 화풀이를 하려는 듯 린다에게 덤비려던 그때였다.

"비켜, 쓸데없는 장난에 시간을 낭비할 때가 아니야."

린다의 뒤쪽, 창고 입구에서 여자의 목소리가 낮게 들려왔다.

깜짝 돌라 린다가 뒤돌아보니, 방금 전까지만 해도 전혀 기척이 없었는데도 어느 샌가 역광 속에 여자의 실루엣이 떠오른다.

여자라고 알 수 있었던 건, 린다와 비교하는 게 미안할 정도로 근사한 몸매 때문이었다.

"사, 사장! 어느새……."

린다는 황급히 그 실루엣—매직 컴퍼니 대표이사 매직 더 하드에게 다가간다.

"바, 바로 물건을 확인하는 게 좋으시렵니까?"

여전히 존댓말인지 아닌지 애매한 말투로 린다가 물어보자 매

직은 아무 말 없이 고개를 끄덕인다.

"네입! 지금 바로!"

린다의 느긋하던 걸음이 종종걸음으로 바뀌더니 방금 전에 내린 운전석에 다시 타고는 지게차에 시동을 건다.

컨테이너를 들고 있는 리프트 부분을 조심스런 동작으로 천천히 바닥에 내린다.

"바로 열겠습니다."

린다는 다시 허둥지둥 운전석을 나와 땅바닥을 기듯이 컨테이너로 다가갔다.

커다란 철제 빗장과 자물쇠로 잠긴 문짝으로 돼 있는 컨테이너 입구를 온 힘을 다해 천천히 열었다.

컨테이너의 폭과 높이는 2미터 이상이다.

"자아, 보시죠."

린다는 지친 듯 숨을 내쉬며 그렇게 말하고는, 그 자리에 서 있던 매직과 창고 안에서 나온 트릭에게 컨테이너 안을 보여 줬다.

"어때, 사장. 여신들과 달리 자기가 직접 장비해야 하니까 조금 까다롭지만, 성능은 충분해. 저지에게 줬던 장난감 같은 거랑은 차원이 다르지, 아쿠쿠쿠쿠……."

말없이 무표정한 얼굴로 컨테이너 안을 들여다보는 매직, 그 옆에서 트릭이 야비한 웃음을 지으며 말했다.

매직은 그 말에도 대답하지 않고 컨테이너에서 시선을 돌려

린다를 보고는,

"…… 말단 또 한 마리는 어디 갔지?"

공을 치하하지도 않고 기계적으로 그렇게 물어본다.

"와, 와레츄라면 다른 하나를 현장에 옮기고 있어요. 업자용 차를 훔친 거라 의심받지는 않을 겁니다."

그 황금빛 눈동자에서 뿜어져 나오는 냉정한 시선에 린다는 몸이 굳어 갈라진 목소리로 말했다.

"…… 바로 출발하지."

가만히, 아주 가만히 입꼬리를 살짝 올려 웃음처럼 보이는 표정을 짓고는 매직이 말했다.

III

"오른쪽을 봐 주세요. 저쪽에 보이는 게 하네다 터미널 공항입니다."

머리에는 둥근 모자, 손에는 하얀 장갑, 여느 때의 교복과는 다른 조금은 어른스러운 복숭아빛 정장.

그럴듯한 버스 가이드 복장을 한 컴파의 목소리가 우리를 태운 미니버스 안에 울렸다.

꽤나 본격적으로 장갑을 끼고 마이크도 들었다.

"이 공항은 작년 전면적으로 리뉴얼을 해 지금은 플라네

츄…… 플라네테누…… 프, 플라네튠 주는 물론이고 대륙에서도 최대의 공항이 되었습니다!"

'네튠'발음이 조금 이상하긴 했지만.

내 이름을 부르는 데도 고생하긴 했지. '네튠'을 발음하기 어려운 모양이네.

뭐, 그런 이상한 부분은 애교로 넘어가고,

"……포세몬 비행기가 서 있어. 귀여워. (빠안히)"

"타고 싶어~ 타고 싶어~. 언니, 셋이서 르위에 돌아갈 일이 있으면 저걸 타고 가자!"

"…… 비싸니까 안 돼."

가이드의 설명은 일부의 '손님들'에게는 딱 맞는 것 같았다.

하지만 아무래도 아직 분위기에 녹아들지 못한 손님도 있는 것 같다. 예를 들어 내 귀여운 여동생 네프기어라던가.

"어, 언니. 컴파가 입은 저 옷은……."

옆에 앉은 네프기어가 내 교복 소매를 잡아당기며 물었다.

"버스 가이드잖아? 어라? 혹시 네프기어, 버스 가이드를 본 적이 없니?"

"그게 아니라, 왜 버스 가이드 복장을 하는 건데?"

"느와르가 만들어 준 거 아니야? 지난 쉬는 시간에 옷 사이즈가 어쩌고저쩌고 이야기를 했거든. 요즘엔 둘이 사이가 좋다니까."

"그, 그렇구나. 굉장히 본격적이네. 이런 근사한 버스까지 마련하고."

"벨은 '초'자가 붙는 부자니까. 운전수가 딸린 버스 한 대나 두 대쯤이야 우리들이 게임을 하나 사는 것보다 간단히 준비할 수 있을 거야."

내가 설명을 해 줘도 네프기어는 진정이 되지 않는 것 같다. "이렇게 사치스러워도 괜찮아?" 라고 말하면서 안절부절못한다. 느와르와는 다른 면에서 진지한 성격이라니까. 안 돼, 이건 안 되겠어.

오늘은 누가 뭐래도 온 힘을 다해 재미있게 놀아야 하는데, 주역 중 한 명인 네프기어가 이래서야 모두의 분위기에 영향을 끼친다.

이런 건 깜짝 이벤트여야 기억에 남을 거라고 해서 언니들 모두 당일까지 잠자코 있었는데 예상이랑 어긋나잖아.

어쩔 수 없지. 여기서는 제대로 이번 '작전'에 대해 설명을 해야겠군. 언니로서, 언니로서! (중요한 거라서 두 번 이야기했습니다)

"네프기어! 여기 적힌 걸 읽어 봐."

나는 들고 있던 손으로 직접 만든 책자를 네프기어에게 내밀고 언니의 위엄을 느끼게 하는 목소리로 말했다.

"응? '여신 후보 양성과 휴일 과외학습 지침'…… 인데요."

네프기어가 책자를 읽고 나자, 나는 허리를 펴고 '음~' 하며 고개를 끄덕이고는

"여기에 적혀 있잖아. 과외수업이라고. 그러니까 이건 임시 학

교 행사야. 그러니까 가이드가 있는 버스에 타도 사치는 아니라고. 복장도 가이드 역의 컴파 외에는 전부 교복이잖아?"

몇 번이고 '과외수업'이라고 적힌 곳을 손가락으로 가리키며 말했다.

그러자 '으음~' 하며 난감하다는 표정을 짓는 네프기어.

그렇군. 과연 그동안 나를 보살펴 왔다고 자칭할 만하네. 상상 이상으로 성실한 아이인데.

아니, 그렇게 말하자니 어쩐지 내가 막돼먹은 사람 같지만, 여기서 물러날 순 없지. 어떻게든 네프기어를 납득시켜서 재미있게 놀아야지!

나는 안내서의 표지를 넘겨 다음 페이지를 보여 준다.

"여기 한번 봐. '이번 학습 목표는 본교 여신 후보 양성과의 학생과 오오토리이 분교 학생 간의 교류와 친교를 다지며, 넓게는 일반 시민 생활과 사회의 모습을 견학하여 금후 학교생활에 적용하는 것'이라고 하잖아. 이걸 쓴 건 느와르야, 느와르. 느와르는 선생들의 평가도 좋은 우등생이거든. 시험 성적도 언제나 일등! 그 우등생이 말하는 거니까 걱정 안 해도 돼."

여기서는 푸쉬푸쉬. 나는 계속해서 기염을 토했다.

네프기어도 '그렇구나'라고 본인의 안내서를 바라보며 고개를 끄덕인다.

그런 우리 바로 뒷자리에서,

"언니, 역시 수석 자리는 양보하지 않는구나……. 거기다가 넵튠 씨가 언니를 저렇게나 칭찬하고."

"뭐, 그거야 당연하지. 이번에도 내가 사전에 선생들에게 취지를 설명해서 하루 종일 외출할 수 있도록 허가를 받아서 가능했던 거야. 이렇게 남들에게 신뢰를 얻기 위해서는 평소 행실이 중요하다고. 유니도 기억해 둬."

"그, 그런 말 하지 않아도 잘 알아."

이렇게 느와르와 유니의 서로서로 '반쯤 새침'(반 정도만 새침하다는 거야. 내가 방금 생각했어)한 대화가 들려온다.

"흐음, '견학지에서는 본교생 분교생 모두 이스투아르 기념학원 학생으로서 부끄럽지 않게 절도 있는 행동을 보여 주세요.'라. 응, 알았어. 나도 지금은 오오토리이 분교의 일원인걸. 제대로 해야지. 언니, 같이 공부하자!"

네프기어는 어느새 안내서를 전부 읽어본 듯 그렇게 말했다.

아, 의욕이 생긴 건 바라던 바지만 외출 허가를 받기 위해 느와르가 생각한 공부 방면의 취지……. 솔직히 그건 명분과 속마음으로 나눠 보자면 명분이 강한데, 거기에 의욕을 보이는 건 예상 밖이다.

"그, 그것도 중요하지만 교류와 친교도 중요해. 아니 그쪽이 메인이랄까. 네프기어, 듣고 있어? 네프기어? 네프기어짱?"

"그렇다면 견학 예정 장소에 대해 N기어로 정보를 찾아서 예습해야겠네."

이럴 때 기억상실증에 걸리기 전의 나라면 네프기어에게 뭐라고 했을까.

이 이상 성실해지는 것도 문제라 네프기어의 의식을 돌리는 방법을 생각하고 있던 그때였다.

"지금 투어의 첫 목적지, 플라네 몰에 도착했습니다. 여기는 최근 화제가 되고 있는 가게가 연이어 개점한 인기 있는 쇼핑몰이에요."

가이드인 컴파의 상쾌한 목소리와 함께 버스가 천천히 속도를 줄이다 멈췄다.

"그럼 여러분, 이 깃발을 따라서 움직여 주세요. 버스를 내릴 때는 발밑을 조심해 주시고요."

학원의 마크를 붙이고 '이스투아르 관광'이라고 적힌 작은 삼각형 깃발을 흔들며 컴파가 말했다.

"내가 일등!"

"아, 람짱 기다려."

"…… 둘 다, 뛰면 안돼."

선두로 블랑 자매가 버스에서 내린다.

"휴일인 것 치고는 빨리 도착했네."

"통판 외의 쇼핑은 오래간만이네요. 뭘 사야 할까요."

뒤이어, 아이짱과 벨.

"유니, 교복 리본이 비뚤어졌어. 여기 봐."

"괘, 괜찮아. 내가 할 수 있어."

느와르와 유니짱 자매 뒤를 이어 마지막은 우리 차례였지만,

"쇼핑몰에서 견학? 그리고 저 깃발, 관광이라고 적혀 있는데……."

성실하게 '과외학습'을 하려는 네프기어. 에잇, 이렇게 되면 힘으로라도!

"경제! 경제 공부야 네프기어! 빨리 가자!"

적당한 이유를 떠올리곤 이 방향으로 마지막까지 밀어붙이자고 생각하며 네프기어의 팔을 잡아당겼다.

"플라네 몰은 옷가게와 음식점 등을 합쳐 크고 작은 800개의 점포와 1만2천대가 들어가는 주차장이 있는, 플라네튠 주 정부도 개발에 전면적으로 참여한 거대 복합 쇼핑몰이래. ……겨, 경제의 중심지랄까."

컴파가 흔드는 깃발을 따라 몰에 들어오자마자 보이는 팜플렛을 집어 거기 적힌 걸 통째로 읽었다. 그래도 가능한 한 네프기어에게 맞추려고 하는 나의 갸륵한 노력에 대해

"네푸네푸, 아무리 그래도 너무 국어책 읽기 아닌가요? 조금은 자연스럽게 해 주세요."

벨이 나에게 다가와 속삭였다.

압니다. 알고말고요.

"자연스럽게 라고 해도, 어떻게 하면 좋을지 모르겠어……."

네프기어에게 들리지 않도록, 네프기어가 유니짱과 이야기하는 사이에 말했다.

"이런 데서 고민하는 네푸네푸라니, 신선한 느낌이네요. 사랑에 빠진 남자아이 같아서 귀여워요."

벨은 한 손을 입술에 대며 후후 웃고는, 다른 한쪽 손으로 내 어깨를 감싼다.

"나, 남자아이는 아닌 것 같은데. 그리고 웃을 일이 아니야. 내 기억과 세계의 운명이 걸린 거란 말이야."

"그렇게 진지하게 생각하는 것도 네푸네푸답지 않은데요?"

난처해 하는 나를 놀리는가 싶더니, 갑자기 벨은 진지한 목소리로 말했다.

"네푸?"

깜짝 놀라 벨을 바라보니

"그렇게 굳어 있지 말고 좀 더 힘을 빼세요. 오늘은 제가 서포트를 할 테니까요. 특별히 해 주는 거예요."

"벨……."

자신에게 맡겨 달라고, 여전히 풍만한 가슴에 손을 얹고 벨이 말했다.

어떻게 할 셈인지 보고 있자니, 벨이 앞에서 걷고 있는 유니짱과 네프기어의 사이에 비집고 들어가 말을 걸었다.

"그럼, 어디부터 둘러볼까요. 여자아이는 역시나 옷시려나? 네프기어짱이랑 유니짱은 좋아하는 브랜드가 있나요?"

벨의 가슴이 갑자기 어깨에 느껴지자 네프기어와 유니짱은 동시에 '꺄악!' 하며 비명을 질렀다.

"오, 옷이라고 해도…… 지상의 유행은 몰라서."

"저, 저도 오랫동안 섬에 살아서 잘은……."

당황하면서도 그렇게 대답하는 두 사람을 향해 벨은 "어머, 안돼요."라며 짐짓 놀란 듯이,

"그럼 제가 즐겨 찾는 가게가 있으니, 거기서 두 사람에게 어울리는 옷을 찾아 볼까요."

그렇게 말하고는 강제로 두 사람의 팔을 붙잡고 가려고 한다.

앞에서 기다리고 있던 컴파와 아이짱, 블랑 자매도 이 소동에 되돌아와,

"옷! 나도 보고 싶어! 롬짱도 보고 싶지?"

"……응. (끄덕끄덕)"

쌍둥이들이 강아지처럼 벨의 다리에 달라붙는다.

"물론 롬짱과 람짱에게도 근사한 옷을 골라 줄게요. 그럼 갈까요."

그런 쌍둥이들의 머리를 쓰다듬으면서 벨은 만면에 미소를 짓는다.

그런데,

"자, 잠깐! 갑자기 그러면 곤란해."

당황한 듯한 목소리의 주인공은 느와르였다.

"어머머? 왜 그러세요? 느와르는 동생에게 옷을 선물하지 않을 건가요?"

"하, 할 거지만……. 그게 아니라 그, 그러니까. 벨이 자주 가

는 가게에 가면…… . 그렇지, 블랑?"

벨이 그렇게 물어보자 말하기 껄끄럽다는 듯 말문이 막힌 느와르가 블랑을 쳐다본다. 블랑도 '나한테 넘기는 거야?' 라는 눈빛으로 느와르를 보더니,

"…… 점심값은 물론이고, 우리 1년 치 용돈이 날아간다고."

표정은 여느 때와 똑같지만 조금은 민망하다는 듯한 말투였다.

확실히 그건 중요한 문제네. 우리들 서민의 금전 감각과 벨의 금전 감각이 다르다는 건 지금까지 몇 번이고 경험해 왔으니. 하지만 벨 아가씨는 어디까지나 벨 아가씨였다.

"내가 선물하는 거라면 괜찮죠?"

한순간 둥한 표정을 짓던 벨이 생긋 웃더니 말한다.

그에 비해 느와르와 블랑은 어디까지나 서민이었다.

"이유도 없이 비싼 물건을 받다니 그건 곤란해."

"…… 교육상 나쁘다고."

둘 다 목을 빼는 건 아닐까? 라고 걱정할 정도로 굉장한 기세로 고개를 젓는다. 하지만, 하지만 그런 걸로 물러날 벨 아가씨가 아니었다.

"이유는 있어요. 저에겐 이렇게 귀여운 동생들이 없으니까 오늘은 언니가 된 기분을 느껴 보고 싶네요."

라고 말하니 느와르도 블랑도 그 이상 아무 말도 할 수 없다는 듯 서로 얼굴을 마주본다.

"괜찮지 않아? 이왕 이렇게 된 거 호의를 받아들여도."

라고 아이짱이 말한다. 거기에 컴파도 끼어들어

"그럼 이렇게 해요. 옷은 벨이 기어짱과 동생들에게 선물해 주기로 하고 그 뒤에 느와르와 블랑, 네푸네푸가 각자 동생들에게 추억에 남는 선물을 하면 되잖아요."

모두의 얼굴을 보며 말했다.

"그렇구나……. 동생들과의 선물 교환!"

나는 손뼉을 치며 중얼거렸다.

오늘의 즐거운 과외학습 작전도 그렇고, 이것도 그렇고. 컴파는 요즘 머리가 잘 돌아가네. 제법인데.

"그, 그런 거라면……."

"불만은 없어."

응응, 깨끗하게 정리됐다.

"그럼 가 볼까요. 모두들 이쪽으로 와 주세요."

이렇게 해서 먼저 벨이 옷을 선물해 주기로 했다.

그건 별로 상관없지. 응.

하지만, 내가 직접 말하는 것도 그렇지만, 우리들이 순순히 네, 샀습니다. 와 귀여워. 너무 좋다. 그럼 갈까.

…… 이렇게 평화적으로 끝날 리가 없지.

"어머! 네 명 다 정말로 귀엽네요. 진짜 잘 어울려요! 아이짱! 핸드폰 사진! 사진!"

쇼핑몰 안의 초일류 브랜드가 모인 구역 중에서도 마음에 드는 가게라고 하는 곳에 들어가자 벨의 들뜬 모습에 우리들이 비집고 들어갈 틈이 전혀 없어!

벨이 "안녕하세요."라며 가게에 들어간 순간, 굉장한 기세로 달려와 몇 번이고 인사를 하는 점원에게

"이 아이들에게 어울릴 만한 옷을 부탁해요."

라고 우아하게 주문한 지 약 30분.

계속해서 가져오는 비싸 보이는 옷들—아니, 실제로 비싸다고! 가격표를 살짝 본 아이짱이 거품을 물고 기절할 뻔했을 정도로—을 네프기어를 포함한 네 명의 동생들에게 입히고 입히고 또 입히고……

"유니짱은 언제나 느와르처럼 검은색 옷을 입나요? 그래서야 재미없죠. 큰맘 먹고 이 빨간 색을! 아니면 녹색 계열? 파란색도 어른스러워 보이네요."

"네프기어짱, 파스텔 컬러가 너무 잘 어울리네요! 커다란 리본은 좋아하나요? 코르사주도 잘 어울릴 것 같아요!"

라든지,

"롬짱이랑 람짱은 옷을 맞춰 입으니 몇 배는 더 귀엽네요! 체크무늬 스커트에 자켓이라니……. 조, 좋아요! 아이돌 같아요!"

라든지, 라든지.

그때마다 가격표를 보고 넋이 나가 버린 아이짱이 벨이 말한 대로 핸드폰으로 사진을 찰칵찰칵. 완전히 벨 아가씨 주최의 패

선쇼&촬영회장이다.

"네 명 다, 휴대용 게임기의 칼라 베리에이션 같잖아."

내가 당황해서 말하자

"…… 남의 동생을 완전히 등신대 피겨 취급하고 있잖아."

"소, 소문으로는 듣고 있었지만……. 보통은 양호실의 치카 선생이 희생양이 된다던가."

남은 언니 두 사람도 완전히 힘이 빠진 목소리로 말했다.

"하지만 슬슬 끝냈으면 좋겠네요. 저길 봐 주세요. 어느 샌가 인파가 생겼다고요."

컴파가 말한 대로 가게 주최의 이벤트라고 생각한 사람들이 가게 앞에 가득 모여 탈의실에서 네프기어 일행이 나올 때마다 "오오~"라든지 "귀엽다!"라고 말하며 박수를 치고 있다.

아이짱의 휴대폰만이 아니라 모인 손님들도 자기 휴대폰이나 디지털 카메라로 사진을 찍으니까 가게 사람들도 배려한답시고 노래를 틀어 주잖아.

그래서 기분이 좋은 건지, 아니면 벨의 끝없는 귀여움 공격에 머리가 멍해진 건지……. 동생들 모두 손님들을 향해 포즈를 취한다.

지금 이 공간은 완전히 패션의 마녀(누구?)의 마력에 붙잡혀 있는 상태인데,

"벨, 이제 충분해! 시간이 없다고!"

이 이상은 봐줄 수 없다는 듯, 느와르가 양손으로 메가폰을

만들어 크게 소리 지른다.

"…… 전부 다 귀여워서 곤란하네요. 이거! 라는 한 벌을 찾아주고 싶은데, 저기, 몇 벌 더 가져와 주겠어요?"

벨은 듣고 있지 않다. 전혀 듣고 있지 않아.

"…… 돌입한다. 힘으로 해결하는 수밖에."

준비운동이라도 하는 듯 블랑이 목을 꺾으며 슬며시 말했다.

그리고 20여분 뒤…….

"네프기어……. 나 생각해보니 갑자기 부끄러워지네. 어쩌다가 내 성격과도 맞지 않는 그런 짓을."

"그, 그렇지. 거기다가 그렇게나 가슴이 강조된 드레스를 받았는데, 이건 언제 입어야 하지?"

"……사진도 엄청 찍었고. (부끄부끄)"

하아, 언제나 분위기에 휩쓸리는 내가 말하기도 뭣하지만, 분위기라는 게 무섭다니까.

이제 와서야 모델 흉내를 낸 게 부끄러워 얼굴을 붉히며 몸을 비비 꼬는 네프기어와 유니짱, 거기다가 롬짱을 보면서 나는 생각했다. 한편으로,

"그래? 나는 귀여운 옷을 많이 입어 볼 수 있어서 좋았는데!"

람짱만은 태연하게 웃고 있다. 이 아이는 장래에 큰 인물이 되겠군.

결국, 우리들 언니 연합이 강행 돌파해 폭주 모드의 벨을 억누른 후

"전부 귀여워서 고를 수 없어요!"

라고 말하는 벨 대신 손님들에게 '골라 보세요!' 라고 하기로 했다. 모인 손님들 대상으로 긴급 설문 조사를 해 '득표 1위였던 물건을 구매'하고서야 겨우 끝나게 되었다.

그 네 명의 옷을 샀을 때 엄청난 금액이 나왔던 것 같지만.

"지금은 이 자리를 떠나는 게 우선이야. 알았지, 블랑, 넵튠."

"…… 알았어. 못 본 거로 하자."

"벨에게 저런 일면이 있었다니, 기억해 둬야겠네."

벨을 붙잡느라 체력을 다 써 버려서 딴지를 걸 기력도 없다.

그 뒤에는 조용한 곳으로 가자고 의견이 모여 찾아간 곳은 블랑이 추천한 책방.

"좋은 책은 마음을 풍요롭게 해 주니까."

책벌레인 블랑이 좋은 이야기를 한다.

"벨만큼은 못하겠지만, 여기는 나도 좀 보탤게."

아이짱도 호쾌하게 지갑을 꺼낸다.

우리 팀의 지성파 두 사람이 동생들의 요청을 들어 가며 고른 명작들을 선물해 주기로 했다. 그림책부터 라이트노벨, 내가 읽기에는 어려운 문학작품까지 구비돼 있어 이건 이것대로 볼륨이 있는 선물이 됐다.

아까와는 다른 평화로운 분위기의 증정식이 끝나고,

"그럼 이번에는 우리들이."

"오늘 일들이 언제나 추억으로 남을 수 있도록, 마음에 들었으면 좋겠네요."

그 다음에 간 잡화점에서는 느와르와 컴파가 협력해 평소에 가지고 다닐 수 있는 작은 액세서리나 인형을 선물했다.

그리고 마지막, 만반의 준비를 한 내 차례!!

"좋았어! 잊으려 해도 잊을 수 없는, 일생일대의 물건을 골라 보자고!"

모두들 나를 따르라!

그렇게 한 발 내딛고 두 발, 세 걸음째에 두 걸음 물러선다.

어라? 잠깐만요. 아무래도 이거 곤란한데.

벨은 옷이었지? 블랑이랑 아이짱이 책, 느와르와 컴파가 액세서리와 인형.

······ 선물할 게 없잖아.

입고, 읽고, 가지고 다니고, 방에 장식하고, 그 외엔 또 뭐가 있지?

으아아! 어떻게 하지! 어떻게 해? 내 지갑 사정으로 어떻게든 될 만한 것은 이미 다 샀잖아!

내 자존심을 걸고 선물이 겹치는 건 말도 안 되고. 이, 이건······.

"언니, 컴파 씨. 고마워. 소중하게 간직할게."

"아이에프 언니 고마워. 나중에 롬이랑 같이 읽을게!"

"…… 언니, 자기 전에 읽어 주는 거지?"

"드레스를 입을 수 있게 파티를 열어 주신다고요? 와아, 어쩌지, 부끄러운데……. 고맙습니다, 벨 씨!"

아, 들려온다. 여기저기서 들려온다.

기쁘고, 즐겁고, 행복한 동생들의 목소리가.

이 기대를, 이 미소를 배신할…… 수는…….

어째서 나만 늘 이렇게 되는 거야!

IV

"…… 그래서 필사적으로 생각한 끝에 점심을 사기로 했다고?"

"…… 먹으면 끝인데."

"그리고 푸드코트는 좀 그렇지 않나요? 코스 요리까지는 바라지 않지만."

"이 무계획성이야말로 넵튠의 진면목이라니까. 나쁜 의미로 말이지."

저기, 여러분들.

그 뭐든 같이 딴지를 걸면 된다는 풍조는 좀 그렇지 않나요?

푸드코트, 좋지 않습니까? 모두가 좋아하는 음식을 골라서 왁자지껄 떠들며 같이 먹는다. 조금씩 바꿔 먹기도 하고 말이죠.

우리 반에도 있잖아. 그 살인범을 잡았다는 유명한 그룹. 걔네들도 매일같이 일부러 어쩌구 쇼핑센터 푸드코트에서 작전 회의를 한다고 하더라구?

그런 커뮤니케이션이야말로 기본이라고, 기본!

"기본이 없으면 응용도 없다!"

눈썹을 치켜뜨며 나는 말했다.

"그러니까 네프코의 머릿속에서만 멋대로 결론짓고 말하지 말라고. 무슨 말인지 모르겠잖아."

"독자들에게 전해지면 된 거지."

나는 아이짱의 딴지를 흘려 넘기고 푸드코트로 향했다.

쇼핑센터 1층. 건물 한가운데에 노점 분위기를 연출한 가게가 정원 안에 여기저기 늘어서 있다.

가게의 숫자는 30개 정도? 간판 메뉴인 라면, 덮밥, 햄버거, 피자에 샌드위치, 케이크에 아이스크림. 앞쪽에서 맛있는 냄새가 풍겨 쇼핑으로 여기저기 돌아다닌 내 몸을 자극한다.

내 뒤에 따라오는 아이들을 보니, 배에 손을 대고 무의식적으로 코를 킁킁거리고 있다.

"봐, 뭐라고 말하던 몸은 정직하잖아."

"누, 누가 배고프다고 했어. 됐으니까 추천할 게 있으면 말해."

자기가 코를 킁킁거리는 사람들 중 하나라는 걸 눈치 채지 못한 채, 거만하게 팔짱을 끼며 느와르가 말했다.

네입, 알겠습니다. 맛있는 거라면 이 네푸네푸에게 맡겨 주세요.

그럼, 뭐가 좋을까, 그렇게 생각하던 내 머릿속에 번쩍! 하고 떠오르는 게 있었다.

(이 느낌은……. 타코야키다!)

음, 안정적인 간판 메뉴인 데다가 여기 타코야키는 맛있어. 아니, 그런 느낌이 들어.

"…… 타코야키는 너무 뻔한데."

"에이 블랑, 그렇게 말하지 마. 여기 건 매일 먹는 타코야키랑은 다르다고."

그렇게 말하고 나는 이마에 손을 대고 푸드코트 안을 한 바퀴 둘러본다.

으음, 확실히 타코야키 가게는 한쪽 구석에……. 아, 있다!

"그럼 모두들 따라와. 오늘은 미식으로 유명한 신문기자처럼 말해 보자면 '진짜 타코야키를 먹게 해줄 테니까.' 그 정도로 맛있는 걸 먹게 해 줄게!"

자신만만 득의양양, 나는 블랑처럼 '응? 여기까지 와서 타코야키?' 라는 표정을 짓고 있는 모두를 끌고 가 푸드코트 안쪽으로 나아간다.

그러자,

"네프코답지 않게 자신만만한 걸 봐서는 사전에 조사라도 한 거야? 그렇다면 계획이 아예 없었던 것도 아니네."

아이짱이 다시 봤다는 듯이 말을 건다.

"아, 아니야."

나는 걸음을 멈추고 돌아본다.

"찾아본 건 아니지만, 예전에 네프기어랑 같이 먹었을 때 너무 맛있어서 깜짝 놀랐거든."

봐, 네프기어도 기억나지? 그때 네프기어가 '이렇게 맛있다니!'라며 큰 걸 하나 통째로 먹다가 입을 홀랑 데었잖아.

난 네프기어를 가리키며 말했다.

그 순간 나를 뺀 모두가 눈을 화들짝 떠서 나는 고개를 갸웃거렸다.

"어라, 다들 왜 그래?"

마치 내 뒤에 유령이 서 있는 것 같은 표정으로 말이야.

"왜, 왜라니, 넵튠. 너 지금 무슨 말을 했는지 모르겠어?"

덜덜 떨리는 손가락으로 나를 가리키며 느와르가 말했다. 무슨 소리야 느와르, 아까부터 내가 말할 때마다 딴지나 걸고.

"저기, 느와르. 아무리 나라도 그렇게 바보는 아니야. 맛있는 타코야키를 추천한다는 이 마음에 무슨 불만이 있는 거야!"

"불만이 아니라, 그게 아니라. 내가 잘못 물어본 건가. 다시 물어볼게. 그 타코야키집을 왜 추천해 주는데?"

"응? 그거야 전에도 네프기어랑 맛있게 먹었으니까……."

"거기서 잠깐! 잠깐! 지금 말한 거 다시 한 번!"

"전에도 네프기어랑 맛있게 먹었으니까."

"전에?"

"응, 전에……."

네풋!?

나는 입을 손으로 막았다. 평소에도 귀엽고 동글동글한 눈이 커다래지는 게 느껴진다.

아마도 지금 나는 모두와 똑같은 표정을 짓고 있을 거다.

"기어쨩!?"

컴파가 네프기어의 어깨를 감싼다.

"……아!"

네프기어가 손뼉을 친다.

"새, 생각났어요! 예전에 언니랑 같이 여기서 타코야키를 먹은 적이 있어요! 틀림없어요!"

큰 소리로 그렇게 말한다.

"네프기어도 지금까지 잊고 있었던 걸 넵튠이 갑자기 생각해 냈다는 건……."

라고 유니쨩이 말한다.

"네푸네푸가 네프기어쨩에게 이야기를 들었다…… 는 건 아 니겠죠."

흥분한 목소리로 벨이 말했다.

"컴파의 작전, 딱 들어맞았는데?"

굉장한데, 라며 아이쨩이 떡잎 모양 리본을 만지작거리면서 말했다.

"저기, 언니. 뭐가 딱 들어맞았다는 거야?"

"…… 복권? (두근두근)"

"…… 아니, 하지만 이건 복권 당첨보다 더 굉장한 거야."

그, 그렇지 블랑. 그러니까 이건…….

자연스레 숨이 가빠져 나는 몇 번이고 어깨를 들썩인다.

"잠깐잠깐! 네프코, 당황하면 안 돼. 냉정해야지, 여기선 냉정하게."

"맞아요. 심호흡이에요."

시, 심호흡. 응 그렇지. 후~하~, 다시 한 번.

"그럼, 그 외에 뭔가 더 기억나는 건 없어요?"

컴파가 '기억나는 건'이라는 말에 힘을 줘서 말했다.

기억나는 것……. 그렇지, 지금 나는 확실히 잊고 있던 기억의 조각을 나도 모르는 사이에 주운 거라고.

"어때요? 네푸네푸."

그 외에, 그 외에는…… 뭔가…….

"음, 으음……."

아이짱이 '냉정하게 생각해 봐.'라고 말하지만 냉정해질 수가 없다. 심호흡도 단순히 마음을 편안하게 하기 위한 것일 뿐이다.

내 머릿속이 시험공부를 할 때의 수백 배 속도로 빙빙 돈다.

안돼. 확실히 네프기어랑 타코야키를 먹었던 건 선명하게 기억나는데 다른 건 생각이 안 나!

머릿속에 안개가 낀 것 같다. 모든 걸 깔끔하게 잊어버린 거와는 다르지만 아무리 이 안개 속에 손을 넣고 휘저어도 선명해지지 않는……

"괜찮아, 언니. 무리하지 않아도 돼. 괜찮아."

정신을 차려 보니, 내 바로 옆에 네프기어가 서 있다.

"이것만으로도 굉장하니까, 언니. 나도 잊어버렸던 걸 기억해 줬으니까."

"네프기어……"

"시간이 걸려도 괜찮아. 분명히 언젠가는 전부 기억해 낼 테니까. 나, 그때까지 언니 곁에 있을게."

나는 살며시 뻗어 온 네프기어의 손을 잡았다. 그리고 몇 번이고 고개를 끄덕인다.

그렇지, 나도 그렇게 생각해. 지금 희망이 보인 것 같아.

네프기어도 고개를 끄덕이고는 모두를 바라봤다.

"언니가 말하는 것처럼 여기 타코야키, 진짜로 맛있어요. 제일 안쪽에 있는 노점이에요. 어때? 언니."

"응!"

그건 기억 나. 틀림없다고! 모두들, 이 쪽으로!

"컴파, 기대되는데요."

"그래요! …… 그럼 여러분들, 여기서 점심을 먹고 나면 오늘의 메인 이벤트, 플라네 타워 관광을 하러 갈 거예요."

네프기어의 손을 잡고 달려가는 내 귀에 벨과 컴파의 목소리가 들려 왔다.

그래, 메인 이벤트는 이제부터라고!

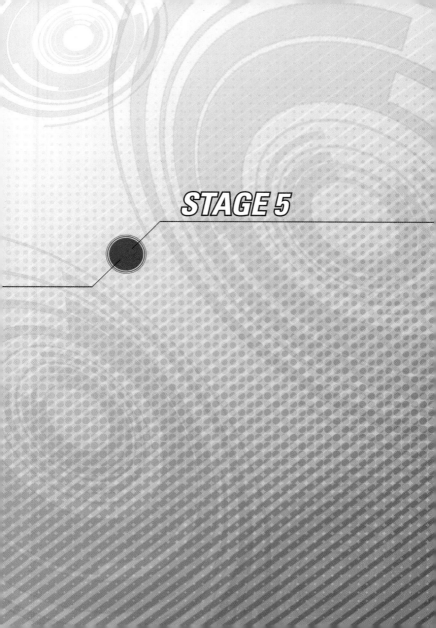

STAGE 5

1

"모두들 여기를 봐 주세요. 여기에 서 있는 건물이 대륙 제일의 높이를 자랑하는 플라네 타워입니다."

가이드인 컴파의 목소리는 마이크를 써도 주변의 떠들썩한 소리에 묻혀 반 이상은 지워져 버린다.

이리저리 둘러봐도 사람, 사람, 사람! 엄청난 인파다.

젊은이도, 노인도, 아이도, 남자도, 여자도 이렇게나 사람이 모이다니 감탄사가 나올 정도다.

물론 이렇게 모인 사람들의 목적은 단 하나.

지금 우리들의 눈앞에 농담처럼 파바바밧~! 솟아오른 거대한 타워. 플라네튠 주가 세계에 자랑하는 플라네 타워!

"우와, 엄청 크네. 전에 언니랑 보러 왔을 때에는 아직 짓고 있었는데…… 그때의 두 배는 되는 것 같아."

그 높이에 압도된 듯한 네프기어가 입을 벌린 채 타워를 올려다보고 있다.

나도 같이 입을 벌리고 바라보고 있었지만, 너무 높아 올려다보는 것만으로도 목이 아파 온다.

"아야야, 그건 그렇고 왜 이렇게 높은 타워가 필요한 거야? 이름만으로는 뭘 위한 타워인지 잘 모르겠네. 아이짱, 알고 있어?"

그런 이유로 잠시 휴식. 굳은 목 근육을 주무르면서 제일 잘 알 것 같은 아이짱에게 물어본다.

"뭐야 네프코, 그것도 모르면서 매일 즐거워한 거야? 한심하네."

나에게 딴지를 걸며 이쪽을 바라보는 아이짱(역시나 목을 주무르고 있다)이 한심하다는 표정으로 말한다.

"매일 즐거워했다고? 내가? 무슨 소리야?"

"이런이런, 여기 봐."

아이짱이 나에게 건네준 건 아이짱의 휴대폰. 그걸 보자 화면에 DMB 텔레비전이 떠 있다.

"너 겨우 침대에서 뒹굴거리면서 DMB를 볼 수 있게 됐다고 좋아했잖아."

그 말을 듣고 생각났다.

아, 그렇지. 그러고 보니 최근에 갑자기 DMB 전파가 좋아졌지. 이때까지는 기숙사에서 DMB를 보려면 거실 창가에 붙어야 했는데.

"…… 그래서?"

"그러니까 이 플라네 타워가 생긴 덕분에 텔레비전이나 라디오 전파가 좋아진 거야. 플라네 타워는 전파탑이야, 전파탑."

손짓발짓을 섞은 아이짱의 해설이 계속된다.

"이렇게 호스로 물을 끌어올 때, 높은 곳에서 뿌릴수록 수압으로 멀리까지 물이 가잖아. 그것처럼 이렇게 높은 덕택에 대륙

전체에 전파가 가는 거야. 알겠어?"

으음, 대충은.

그러니까 이 타워가 있는 덕분에 텔레비전을 볼 수 있고, 내가 자기 전에 침대에서 텔레통(텔레비전 플라네 통일대륙방송의 약자야!)의 심야 애니메이션을 볼 수 있는 것도 플라네 타워 덕분인가.

오오, 굉장히 도움이 되는 타워구나. 굉장한데, 플라네 타워.

"타워의 역할이 그것만은 아니지만…… 이크, 더 이상 계속하면 열심히 일하고 있는 컴파에게 미안한데."

아이짱은 그렇게 말하고는 "자, 바톤 터치!"라며 컴파의 어깨를 두드렸다.

"과연 아이짱, 잘 알고 있네요. 그럼 이제부터 실제로 어느 정도 높이에서 전파를 날리고 있는지 타워 위에서 확인해 보겠습니다. 떨어지지 않게 따라와 주세요."

아이짱과 교대한 컴파짱이 작은 깃발을 흔들며 걷기 시작한다.

모두들 제각각 감상을 말하며 그 뒤를 따라간다.

참고로 푸드코트에서 일어났던 것 같은 기억이 되돌아오는 느낌은 아직은 없어.

타워 전망대로 올라가면 무슨 일이 생기려나? 하지만 네프기어는 '전에 왔을 때에는 아직 건설중'이라고 했으니까 아마 올라간 적은 없겠지.

그 '무언가'가 일어난다면 올라가기 전? 입구? 기념품 매장?

어디라도 좋지만 슬슬 아까처럼 파바바밧, 하고 '이 감각은…… 기억인가!?' 라고 와 주지 않으면 곤란하다고.

진지하게 그런 생각을 하면서 인파 속을 걷고 있을 때였다.

'무언가'라는 건 정말로 갑자기 일어난다니까.

하지만, 그렇게 갑자기 일어나는 것들이 좋은 일이거나 일어나 줬으면 하고 바라던 일만은 아니라는 게 참 곤란해.

기억해 내고 싶은 건 기억이 안 나고, 잊고 싶은 건 기억나다니. 인생이란 쉽지가 않다니까.

내가 무슨 말을 하고 싶냐면 말이야…….

"위위위…… 위험해츄!"

"큰일이야! 큰일났다!"

겨우 타워 입구까지 와서 입장권을 사고 고속 엘리베이터에서 한번에 전망대로 렛츠 고!

두근두근 기대감이 모두의 머리 위에 후광처럼 빛나던 그때,

"언니! 저거 봐! 말하는 쥐야!"

흥분한 람짱이 손으로 사람, 아니 쥐를 가리켰을 때의 그 심정이란 정말이지.

그 옆에는 아는 얼굴, 아니 잊으려 해도 잊을 수 없는 얼굴이 말하는 쥐와 함께 큰 소리로 외치는 광경이란…….

"귀찮은 녀석들이랑 만났네."

나도 모르게 입 밖으로 말해 버렸다.

"저 녀석들 어째서 저런 곳에? 그것도 저런 모습으로."

나처럼 가능하면 엮이고 싶지 않다는 듯한 목소리로 느와르도 말했다.

"모두들 이쪽으로 와. 이런 데서 멍하니 서 있다간 들킨다고."

"…… 정면은 피해야겠어. 인파에 섞이는 게 좋겠는데."

그 와중에도 침착한 건 역시나 아이짱과 블랑.

멍하니 서 있던 나와 느와르 외 모두의 손을 끌고 그 녀석들—전에 나에게 이상한 수법으로 세뇌를 걸어 끔찍한 짓을 했던 린다와 와레츄의 눈에서 벗어난 곳으로 이동했다.

"저건 타워 경비원 제복이에요. 저 두 사람이 저런 걸 입고 있다니, 뭔가 좋지 않은 일을 꾸미고 있는 게 틀림없어요."

나보다 머리 하나는 더 큰 만큼 좁다는 듯이 몸을 움츠린 벨이 작은 목소리로 말했다.

"나도 똑같은 생각이야. 숨어서 상황을 지켜보자……. 어디 보자."

동영상 촬영 모드로 바꾼 휴대폰을 인파 사이로 돌려 린다와 와레츄를 찍으며 아이짱이 대답했다.

모여 있는 관광객의 주목을 끌려는 듯이 크게 소리를 지르는 린다와 와레츄. 아직 우리들의 존재는 알아채지 못한 것 같다.

그럼 이 다음에는 무슨 말을 꺼낼지 우리가 숨을 죽이며 보고

있으려니,

"지금 플라네 타워에 폭탄이 설치됐다는 정보가 들어왔츄!"

"모두들 여기는 위험하니까 빨리 꺼져…… 아니, 긴급히 피난해 주세요.!"

우리의 상상을 뛰어넘는 엄청난 발언이 튀어나왔다!

포포, 폭타안!? 도대체 무슨 일을 하려는 건지는 모르겠지만 그런 짓까지 하는 거야? 악덕 건설 회사…… 의 말단!

"이, 이거 위험한 거 아니야?"

내가 무심결에 중얼거리자

"당연히 위험하지! 멍하니 서 있지 말고 이쪽으로 와!"

아이짱이 내 목덜미를 잡으며 말한다, 그리고는

"모두들 작게 원을 만들어서 손을 잡아! 꼬맹이 두 명은 원 안으로!"

말을 걸 수 없는 박력이랄까? 굉장한 기백으로 모두에게 명령을 내린다. 그 심각한 표정에 우리들은 얌전히 지시에 따랐다.

"손 잡았지? 그럼 그대로 한데 모여서 버스로 돌아가. 절대로 손을 놓으면 안돼! 조금 있으면 엄청나게 힘들겠지만 당황하면 안돼!"

심각한 표정을 1미리도 흐트러뜨리지 않고 예언 같은 말을 하는 아이짱. 그 '힘든 일'이 무엇을 의미하는지는 바로 알 수 있었다.

"빨리! 빨리 도망가츄!"

"빨리! 언제 폭발할지 모른다고!"

또다시 린다와 와레츄의 목소리가 울려 퍼진다.

동시에 타워의 입구에서 경비원(아마, 이쪽이 진짜겠지)의 인도를 받아 손님들이 한꺼번에 밀려온다.

그걸 본 순간, 우리 주변에 있던 관광객들이 한꺼번에 눈사태처럼 그 자리를 피하기 위해 달려 나간다.

"양 옆에 있는 애들 손을 꼭 잡아! 진정하고, 흐름을 따라 이동해야 돼! 롬! 람! 무섭겠지만 조금만 참아!"

완전히 패닉 상태에 빠진 관광객의 비명이 울려 퍼지는 가운데 아이짱이 소리를 지른다.

과, 과연. 아이짱은 이렇게 될 줄 알았구나. 확실히 이런 '인파'에 휩쓸리게 되면 체구가 작은 롬짱이나 람짱은 버티지 못할 거야.

"과연 에이전트과!"

"지금은 그런 한가할 말이나 하고 있을 때가 아니야! 가만히 발만 움직이라고!"

아, 알겠습니다…….

확실히 지금은 개그를 할 때가 아닐지도 모르겠다.

우리들은 원 안에서 롬짱과 람짱을 지키며 도망치는 사람들의 흐름을 타고 슬금슬금 이동했다.

아이짱의 지시에 따라 당황하지 않고 침착하게 이동한다. 도중에 도망치는 사람들에게 어깨나 등을 부딪히더라도 꾹 참는다.

　그건 그렇고, 저 말단들은 이런 짓만 한다니까!

　이번에야말로 두 번 다시 까불지 못하게 손을 봐줄 필요가 있겠어. 우리들의 즐거운 한때를 엉망으로 만들다니 용서 못해!

II

　엄청난 인파 속에서 우리들은 어찌어찌 무사히 버스에 돌아올 수 있었다.

　모두가 흩어지지 않도록 아이쨩이 작전을 세워서 다행이었어. 흩어진 사람도 없고 아무도 다치지 않았다.

　그렇게 한숨 돌린 후에,

　"아쉽지만 관광 투어는 일단 중지. 우리들 언니 팀은 플라네타워 건을 해결할 테니까 너희들은 먼저 학원에 돌아가 있어."

　나는 한숨을 내쉰 후, 그렇게 말했다.

　"그래, 가만히 놔둘 순 없지."

　인파에 밀린 덕분에 엉망으로 흐트러진 포니테일을 휴대용 빗으로 빗으면서 느와르도 말한다.

　"……또 뭔가 나쁜 일을 꾸미고 있는 게 확실해."

　라고 블랑이 말한다.

　"…… 후엥, 무서웠어. (훌쩍)"

"이제 괜찮아, 여기 있으면 안전하니까. 롬짱."

얼마나 무서웠을까. 나는 새파란 얼굴로 블랑의 양쪽에 꼭 달라붙어 떨어지지 않는 롬짱과 람짱의 어깨를 살며시 어루만지며 말했다.

"저기…… 언니들은 그 '폭탄이다!' 라고 말했던 두 사람을 아는 것 같은데, 누구야?"

두려워하는 롬짱과 람짱을 위해 종이컵에 따뜻한 차를 따라 주던 네프기어가 나에게 물어봤다.

"안다고 해야 할지 어떨지……. 그렇지 컴파? 아이짱?"

"네푸네푸를 세뇌해서 심한 짓을 한 나쁜 사람들이에요."

"한마디로 말하자면 소악당이지만……. 문제는 뒤에 있는 놈들이군."

내가 그 말단들 이야기를 하면 쌓인 게 많아 길어질 것 같아 설명은 두 사람에게 맡겼다.

그 녀석들이 전에 무슨 짓을 저질렀는지와 고용주가 위험한 녀석들이라는 것, 그걸 아이짱과 컴파가 이래저래 어찌저찌 설명을 끝내자,

"언니에게 그런 짓을 하다니 용서 못해요! 내가 해치우겠어요!"

나에게서 정의의 마음을 물려받은 걸까, 이야기를 들은 네프기어가 양손에 주먹을 쥐고 울분을 토한다.

"지, 진정해 네프기어. 그건 느와르도 말했잖아. 나도 알고 있

으니까."

지금이라도 버스에서 뛰쳐나갈 것 같은 네프기어를 말리며,

"하지만 소중한 동생을 위험한 일에 말려들게 할 수는 없어. 녀석들을 해치우는 건 엄청 강한 여신 모드로 변신할 수 있는 우리들에게 맡기고 네프기어는 컴파와 함께 학원으로 돌아가. 괜찮아, 재빨리 해치워서 안심하고 타워를 관광할 수 있게 해 줄게."

내가 그렇게 말하자,

"걱정하지 않아도 돼. 나도 싸울 수 있는걸!"

네프기어는 그렇게 말하고는 갑자기 우리들 눈앞에서 코스튬 모습으로 변신했다.

그 모습에 모두들 깜짝 놀랐다. 특히 유니짱이 제일 놀란 듯,

"의, 의심하지는 않았지만……. 그렇구나…… 정말이었네."

묘하게 힘이 빠진 듯한 표정으로 중얼거렸다.

"이거 봐 언니. 나, 짐이 되지는 않는다고!"

그런 유니짱 옆에서 네프기어는 흰색과 연한 보라색 두 가지 컬러의 코스튬 모습으로 우리를 쫓아온다.

내가 아무리 말려도 들으려 하지 않는다. 이 완고함과 열의에 마음이 흔들려

"아, 알았어. 알았다고. 그럼 네프기어도 같이 가자. 하지만…… 무리하지 마. 나랑 약속하는 거지?"

나는 어쩔 수 없이 그렇게 말했다.

"응, 약속할게! 고마워 언니!"

이런이런……. 이제부터 위험한 곳으로 가는 건데 그렇게 기쁘다는 표정을 짓다니 어쩐지 마음이 복잡해진다.

어쩔 수 없다는 마음을 팔자를 그린 눈썹에 나타내면서,

"어, 어쨌거나 일단 변신은 풀어, 응?"

혈기가 넘쳐흐른다는 말이 있는데, 네프기어가 바로 그 상황이다. 그런 네프기어를 달래고 있자니,

"아뇨, 어차피 타워에 들어간다면 그 모습이 좋을 것 같아요. 저도……."

뜨거워진 네프기어를 말려줄 거라고 생각했던 벨이 그 자리에서 변신!

"별일이네, 갑자기 그렇게 의욕이 넘쳐서."

"의욕이라기보다는 빚을 갚고 싶어서예요. 네푸네푸도 기억하죠? 지난번에 변신하지 않았을 때 트릭에게 갑자기 공격을 받아 비참한 꼴이 됐던 걸……. 저는 그 치욕을 아직 갚지 못했어요."

"그러고 보니 그런 일도 있었지."

"…… 벨이 말하는 것도 일리는 있어. 트릭에게는 나도 갚을 게 있고."

어라, 블랑까지 전투 모드에 들어가는 거야?

꼬옥 붙어 있던 동생들을 '잠깐만.' 이라며 한 명씩 안고 다른 곳으로 옮긴 후에 블랑도 변신.

"좋았어, 타워에 쳐들어간다면 언제라도 좋아. 그 변태 로리

콘에게 한방 먹여주지 않으면 분이 안 풀린다고."

성격도 말투도 변했지만 바로 달려온 롬짱과 람짱의 머리를 다정스레 쓰다듬는 모습은 여느 때의 블랑이다.

아, 그렇지. 확실히 블랑도 트릭을 쳐부술 이유가 있지. 이렇게 언니를 따르는 귀여운 쌍둥이들을 협박거리로 사용했으니까.

"계속 트릭 이야기만 하네. 보스를 놓치면 의미가 없잖아. ⋯⋯ 어쩔 수 없네."

느와르도 그 뒤를 잇는다. 역시나 그 자리에서 파바밧 변신하더니.

"둘이 말단을 잡고 있을 때 내가 화려하게 매직을 쓰러뜨리지. 그렇게 한 건 해결."

느와르도 여전히 당당하게 숨기지 않고 말한다.

그건 그렇고⋯⋯. 애니메이션이라면 작화에 신경을 써서 서비스 신으로 보여주는 게 당연한 변신을 버스 좌석에서 하는 건 좀 그렇잖아?

모두의 의욕은 잘 알겠지만 조금은 아깝네⋯⋯. 내가 그런 생각을 하고 있으려니,

"네푸네푸도 갈 거면 빨리 하세요. 그렇게 느긋하게 있으면 놔두고 갈 테니까요."

트릭에 대한 복수로 머릿속이 가득한 벨이 우물쭈물하는 날 바라보며 버스에서 내리려고 한다.

"그럼 컴파 씨, 아이에프 씨. 뒷일은 잘 부탁해요."

라며 두 사람에게 손을 흔든다. 뒤를 이어 블랑과 느와르도 변신을 한 상태로 버스에서 내리려고 한다.

우와, 역시 긴장감이 없는 모습이네. 이제 슬슬 삽화를 넣어야 하는 타이밍인데. 나중으로 미룰까.

역시 주인공인 나만이라도 근사하게 뭔가 하지 않으면 여러 방면으로 혼날 것 같으니, 버스 밖에서 변신하자.

그렇게 타워로 들어가는 팀과 학원으로 돌아가는 팀으로 갈라진 뒤에,

"그럼 유니짱, 잠깐 다녀올게. 잠시 동안 롬짱이랑 람짱을 맡아 줘."

"그, 그거야 상관없지만……. 너는 조금 맹한 데가 있으니까, …… 조심해야 돼."

버스에서 내리는 네프기어와 남은 유니짱이 문 앞에서 서로를 바라보면서 말했다.

유니짱이 너무 걱정하는 것 같아서

"괜찮아. 최강인 우리들이 있는데다가 이번에는 네프기어도 있잖아? 여유만만이라고. 우리들 지난번에 게임을 했을 때에도 호흡이 척척 맞았으니까 무적 자매 콤비네이션으로 해치울게."

V사인을 보여주며 그렇게 이야기했다. 하지만 유니짱은 아무래도 걱정스러운 듯 복잡한 표정으로 나와 네프기어를 교대로 바라본다.

"걱정이 많네. 걱정 푹 놓고 있어. 네 언니도 있으니까!"

"…… 언니도."

"그래, 그럼 착하게 기다리고 있어!"

유니짱의 어깨를 툭툭 치고 나와 네프기어는 조금 떨어진 곳에서 기다리고 있던 모두를 향해 달려간다.

"언니, 변신하는 거 잊지 마."

알았어, 알았다고.

이번에는 이렇게 달리면서 변신하는 게 포인트야.

배경에는 이번 싸움의 무대 플라네 타워. 앞에는 기다리는 동료들. 뒤에는 무사히 돌아오기를 기원하는 사람들. 이건 아까의 긴장감 없는 분위기와는 전혀 다른 멋진 그림이라고!

달리면서 하는 경우에는 기합을 넣기 위해 원래의 변신 포즈와는 조금 다른 느낌으로 간략하게 하는 게 COOL. 이것도 소소하지만 중요한 거라고.

…… 그 이전에 '원래의 변신 포즈'라고 말했는데, 우리들은 별다른 포즈 없이도 변신하긴 하지만 이런 건 폼과 기합이 중요하다고!

"기다려 모두들! 지금 갈게! 하아아아…… 변신!"

그렇게 말하고 나는 즉석에서 생각해 낸 얼굴 앞에서 교차한 양손을 기세 좋게 내리는 변신 포즈를 취하며 말했다.

하나 더 말하자면 관광버스 주차장이 아닌 비행기 활주로 같은 기~인 도로가 더 좋았을 것 같지만.

그런 걸 생각하고 있는 사이에 여느때처럼 빛에 감싸이고 시선이 높아지면서 전신에 힘이 솟아나는 느낌이 나를 감싼다.

III

유니짱에게는 그렇게 말했지만, 우리들은 잠입한 플라네 타워에서 예상 밖의 '적'과 조우해 갑자기 발이 묶여 버렸다.

매직 컴퍼니 녀석들이 어딘가에서 구해다 타워 안에 풀어놓은 몬스터들? 용의주도하게 마련된 함정?

아니, 그런 거라면 이렇게 애를 먹지도 않는다. 지금 우리들 앞을 가로막고 있는 건 어느 의미로는 우리들에게 있어 가장 싸우기 어려운 상대였다.

"위험해, 또 늘어났잖아! 조심하라고!"

"뭔가 대책을 세워야 할 것 같아요. 네푸네푸, 느와르, 어떻게 할까요?"

그런 말을 들어도 대책이 떠오르지 않는다. 좋은 아이디어가 있지 않을까 싶어 느와르에게 눈짓을 보냈지만 그녀도 아무 말없이 고개를 젓는다.

느와르라고 해도 이것만은 어떻게 할 수 없는 것 같다.

그것도 무리가 아니다. 아무 죄도 없는 사람들을 쓰러뜨릴 수는 없어.

…… 그래, 우리들이 상대해야 하는 건 타워에 있는 경비원과

직원들이었다.

그 사람들은 모두들 번뜩이는 눈빛으로 "여신을 쓰러뜨려라!"라고 말하면서 우리를 둘러싸듯 돌진해 온다.

그 숫자는 적어도 50명 이상.

"여신을 쓰러뜨리라니……. 언니, 어떻게 된 거야? 저 사람들, 여기서 일하는 사람들 아니야?"

당황한 표정으로 네프기어가 말했다.

그러한 네프기어의 의문에 나보다 빨리 벨이 대답해 줬다.

"저 사람들의 눈을 보세요. 아이짱이 이야기했던 구교사 철거 사건 때 말단들에게 세뇌당한 네푸네푸가 저 사람들과 똑같은 눈빛이었어요."

"그럼 저 사람들도 언니처럼 세뇌당한 건가요?"

"네, 모두가 이상하게 들떠 있고 열이 난 것처럼 보이는 게 똑같아요. 틀림없어요."

"그럴 수가……."

다시 그 이야기를 들으니 나도 마음이 편치 않다. 사람의 마음을 제멋대로 조종하다니, 분노가 치밀어 오른다.

그렇다곤 해도, 화난다는 이유로 죄 없는 일반인을 공격할 수는 없다.

어떻게 하면 좋을까? 생각 끝에 내린 결론은

"완전히 포위당했다가는 끝장이야. 일단 후퇴하자."

나답지 않은 소극적인 작전이었다.

"다들 괜찮지? 여기야, 따라와!"

"으으, 뭔가 짜증나네!"

"성급하게 굴면 안돼요, 느와르. 일단 네푸네푸의 말을 따르자 고요."

"제길, 어쩔 수 없지!"

내가 선두에 서자 모두가 일제히 달리기 시작했다. 쫓아오는 사람들을 떨쳐내기 위해 속도를 높인다.

일반인들은 여신화한 네 명과 네프기어의 속력을 따라잡을 수 없다 보니, 계속 달리는 사이에 쫓아오는 사람들도 줄어든다.

"그럼 이쯤 해서 저쪽 방으로 들어갈까, 느와르?"

"문은 열려 있는 것 같아. 들어가자."

어떻게 달려온 걸까, 어느 새인가 좁은 복도 좌우로 몇 개인가 문이 늘어서 있는 곳까지 온 우리들은 그 중 하나의 방으로 들어 갔다.

안쪽은 우리들이 살고 있는 기숙사 방과 비슷한 넓이로 철제 책상과 의자가 늘어서 있다. 아무래도 이곳은 타워에 근무하는 사람들의 사무실인 것 같다.

사람의 기척은 느껴지지 않는다. 여기서 일하고 있는 사람들 은 이미 대피했거나 우리를 쫓아온 사람들 중에 있겠지.

"그럼 이제부터 어떻게 할까? 도망치기만 해서는 결판이 나지 않잖아."

느와르가 마지막으로 다시 복도를 살피고는 문을 닫으면서 말했다.

그와 동시에,

"언니, 이거 봐. 타워 설계도 아닐까?"

벽에 붙어 있는 도면을 가리키며 네프기어가 말했다.

모두가 그 도면 앞에 모인다. 네프기어의 말대로 이건 플라네 타워의 내부에 무엇이 있는지 표시해 주는 설계도였다.

"아무래도 우리들이 있는 곳은 여기인 것 같네요."

벨이 그렇게 말하고는 창 끝으로 도면의 한곳을 가리킨다.

타워 1층 구석, 관계자 전용 구역으로 구분된 장소다.

플라네 타워 1층에는 우리들이 잠입한 정문이 있고, 거기에서 터널형 복도를 지나면 전망대로 이어진 엘리베이터 홀이 나온다.

홀 오른쪽에는 플라네 타워에 대해 공부하는 전시실, 왼쪽에는 선물 코너. 정면 안쪽에는 레스토랑이 있는 것 같다.

아무래도 우리들은 엘리베이터 홀에서 세뇌된 사람들과 만나고, 선물코너 뒤로 이어진 직원용 통로를 지나 일반 관광객의 눈에는 보이지 않는 사무공간에 들어온 것 같다.

도중에 몇 개인가 있던 방화문을 닫으면서 왔기 때문에 바로 여기까지 오지는 않을 것 같지만,

"뭐야, 막다른 골목이잖아. 어쩔 수 없지, 창을 깨서 일단 밖으로 나갈까?"

블랑이 말한 것처럼 빈말로라도 유리한 장소로 도망쳐 왔다고는 말할 수 없다.

이대로 당당하게 엘리베이터 홀로 돌아갔다가는 아까와 같은 상황에 처할 뿐이다.

엘리베이터를 타고 올라가면 전망대밖에 없기 때문에, 1층에서 만나지 못한 이상 매직 일당은 분명히 거기에 있을 것이다.

일단은 블랑의 말에 따라 타워에서 나와 하늘을 날아 전망대로 향하는 것이 좋을지도 모른다.

내가 모두에게 블랑의 의견대로 하자고 말하려 할 때였다.

"아아, 마이크 테스트. 마이크 테스트."

갑자기 지금 있는 방 천장에 달린 스피커에서 소리가 들렸다.

이 목소리는…… 린다?

"태평한 학생들. 잘 들려? 아무런 작전도 없이 정면에서 쳐들어오다니 정말 칭찬해 주고 싶다니까."

틀림없어. 사람을 바보 취급하는 이 말투!

"정말이에츄. 이거라면 또……."

다음에 들려온 건 특징 있는 '츄츄'말투였다. 와레츄가 틀림없다.

"바보! 쓸데없는 말은 하지 마!"

그리고 다시 들려오는 린다의 목소리. 어딘가에서 관내 방송을 사용해 우리들에게 말을 거는 것 같다.

"정말이지, 그런 곳에 처박혀 있으면 모처럼 차려 놓은 밥상이 엉망이 되잖아. 빨리 나오라고……. 하지만 얌전히 나오지는 않겠지."

무슨 말을 하고 싶은 거야? 우리들이 서로 얼굴을 마주보고 있으려니,

"그럼 싫어도 나오도록 정보를 알려 주지. 이미 알고 있겠지만 엘리베이터 홀의 녀석들은 우리들이 세뇌를 해 놨지. 녀석들, 십 분만 지나면 밖으로 나가서 사장이 명령한 대로 여기저기서 부끄러운 짓을 시작할 걸. 이거 큰일인데."

뭐가 재미있는 건지, 낄낄거리면서 린다가 말했다.

"뭐, 뭐라고!?"

스피커를 노려보며 느와르가 마치 린다의 얼굴이 보이기라도 하는 듯이 소리지른다.

"괜찮을까? 인간들을 지키는 여신이 된다면서 지켜야 할 사람들이 자신의 의지와 관계없이 부끄러운 짓을 벌이는 걸 놔둬도 말이야. 어떤 일이려나~."

"제 입으로는 말할 수 없츄. 세뇌에서 풀린 뒤 그걸 떠올리면서 매일 밤 이불 속에서 하이킥을 할 정도로 부끄러운 흑역사의 탄생이다츄."

"어쩔 거야? 사장이 너희들에게 선물하는 게임이야. 너희들도 좋아하잖아? 홀에 있는 녀석들을 해치지 않고 전부 붙잡는다면 전망대로 통하는 엘리베이터를 움직이게 해 주지."

어쩌면 이 녀석들은 이렇게 비겁하고 기분 나쁜 발상을 하는 거지!

나는……. 아니 나만이 아니라 모두의 얼굴이 분노로 빨갛게

물들었다.

"아, 말해 두는데 하늘을 날아서 한번에 전망대로 올라가는 건 안된다츄. 사장도 전무도 그러면 게임이 재미없어진다고 말했츄. 그럼 우리들은 감시 카메라로 보고 있겠츄. 열심히 머리를 쥐어짜 보라츄."

피익 하고 마이크가 꺼지는 소리가 들리고 스피커 소리도 끊어졌다.

"진짜 짜증나는 놈들이네! 뭐하자는 거야!"

화가 난 나머지 벽을 주먹으로 치며 느와르가 말했다. 변신한 상태에서 벽을 치자 벽에 방사선 모양 금이 간다.

그 모습을 보는 나는 어쩐지 이해가 가지 않는 게 있었다.

뭔가 이상하다.

아까 린다와 와레츄의 말투로 봐서는 우리가 플라네 타워에 잠입한 걸 아는 듯했다.

어째서? 린다와 와레츄가 경비원인 척을 하며 관광객들에게 도망치라고 했을 때는 우리를 눈치채지 못한 것 같았다. 게다가 우리가 타워를 견학하러 여기에 온 것 자체도 알지 못할 텐데……

타워의 설계도를 보면서 내가 모두에게 이야기하자,

"지금은 그런 생각을 할 때가 아니잖아!"

"맞아! 앞으로 10분 뒤에는 그 사람들 무슨 일을 당할지 모른다고!"

그건 알고 있어. 알고 있지만……. 아아 정말이지!

벽을 주먹으로 친 느와르의 기분도 잘 안다.

나도 화를 달래기 위해 가슴 앞에서 주먹으로 손바닥을 툭툭 치자, 네프기어가 내 앞으로 오더니 굳게 쥔 내 주먹에 살며시 손을 겹친다.

"괜찮아, 언니. 분명히 좋은 방법이 있을 거야. 같이 생각해 보자."

"고마워, 네프기어."

네프기어의 손에서 전해지는 온기로 침착해진 나는 먼저 눈앞의 문제를 해결하기 위해 다시 타워의 설계도를 바라봤다.

그때 내 머릿속에 뭔가가 반짝였다.

"이 설계도, 각 출입구에 콩알 같은 램프가 달려 있지? 이게 뭐인 것 같아?"

생각나는 대로 네프기어에게 물어본다. 린다가 들으면 아무 소용이 없기 때문에 목소리를 죽여 말한다.

"으음……. 출입구가 닫혀 있는지 아닌지 확인하는 건가? 녹색이면 열려 있고 닫히면 빨갛게 된다…… 라던가."

"네프기어도 그렇게 생각해? 이 설계도가 여기 있다는 건 여기서 각 출입구의 문을 자유롭게 여닫을 수 있다는 거 아닐까?"

"그, 그런가. 그러면 근처에 조작 패널 같은 게……."

뭔가 눈치챈 듯 네프기어가 입을 손으로 막더니 속삭이는 목소리로 대답했다.

이거라면……. 될지도 몰라.

"모두들, 잠깐만 귀를 빌려 줘."

나는 막연히 떠오른 아이디어를 속삭였다.

"…… 이런 계획인데."

마지막에 확인하듯 모두를 둘러보자,

"넵튠은 변신을 하면 예리하단 말이지."

얄밉다는 듯 느와르가 내 어깨를 툭툭 쳤다.

"우물쭈물할 시간은 없어, 난 해 볼래."

"저도 다른 의견은 없어요. 네푸네푸의 말에 따르도록 하죠."

이걸로 결정됐다. 마지막으로 나는 작전의 열쇠를 쥐고 있는 네프기어에게 말했다.

"그럼 부탁해, 네프기어."

"아…… 응, 알았어 언니."

네프기어는 한순간 불안한 눈으로 긴장된 듯 고개를 끄덕인다.

"괜찮아. 타이밍만 잘 맞으면 간단해."

나는 네프기어의 불안한 마음을 풀어주기 위해 미소를 지었다. 거기에 이끌리듯 네프기어의 표정이 누그러지는 걸 확인한 뒤에

"그럼, 시작하자."

라고 나는 말했다.

작전은 이렇다. 먼저 내가 미끼가 되어 세뇌된 사람들의 주목

을 끈다. 그 다음에 나를 쫓아오는 사람들을 엘리베이터 홀 오른쪽의 전시실로 유도한다.

모두를 전시실에 모은 다음 문을 닫고 네프기어에게 원격조작으로 문을 닫게 하면 작전 완료. 전시실 출입구는 하나뿐이고 창도 없기 때문에 밖으로 도망갈 염려도 없다. 물론 아무도 다치지 않고 끝나겠지.

나는 내 손을 잡고 있는 네프기어의 얼굴을 바라봤다. 갑자기 생각난 작전치고는 간단하면서도 효과적인 방법인 것 같다.

작전은 완전히 내 생각대로 진행됐다.

숨을 죽이고 그늘에서 지켜보는 모두의 시선을 느끼면서 나는 세뇌된 사람들 앞에 모습을 드러냈다.

"나는 여기 있어!"

일부러 소리를 질러 눈길을 끌며 당당하게 엘리베이터 홀 중앙으로 나아간다.

곧바로 호러 게임에 나오는 조무래기 좀비처럼 경비원 제복을 입은 남자들과 레스토랑의 웨이터 등 몇 십 명이나 되는 사람들이 일제히 나를 향해 몰려온다.

그들이 양손을 펼치고 달려드는 걸 간신히 피하고 타이밍을 계산해 날아간다.

출구가 없는 곳으로 몰아간다고 생각하는지 한번에 몰려오는 것이 느껴진다. 일단은 계획대로다.

전시실 안에서는 바로 방 깊숙이 들어가지 않고 '큰일났다! 막

다른 곳이야!' 라는 연기를 하며 한 발짝씩 물러난다. 물러나면서 홀에 있는 모두가 전시실 안에 들어오는 순간을 기다린다.

그렇게 넓지 않은 전시실 안에서는 홀만큼 자유롭게 몸을 움직일 수가 없어서 몇 명인가의 손이 내 팔과 어깨, 다리에 들러붙기 시작한 그때,

"이제 됐어! 넵튠!"

내가 전시실에 들어간 후, 홀 안에 남은 사람이 없는지 확인한 느와르의 목소리가 들려왔다.

"미안해!"

그 순간, 나는 눈앞에 서 있던 사무원 복장을 한 언니의 어깨에 손을 얹고 뒤에 있던 벽을 양 발로 걷어차 그녀의 어깨 위에서 물구나무서기를 하는 자세로 벽에서 탈출했다.

계속해서 내리찍은 발로 여자 뒤에 있던 사람의 어깨를 친다.

그대로 전시실 안에 모여 있던 사람들의 어깨를 징검돌 밟듯이 건너가 전시실을 빠져나갔다.

곧바로 대기하고 있던 블랑이 좌우로 문을 닫아 사람들을 가둔다. 문을 닫는 커다란 소리가 주변에 울려 퍼진다.

나를 몰아넣으려고 하다가 반대로 갇혀 버린 걸 알게 된 사람들이 안쪽에서 문을 두들긴다. 하지만 문이 열려 밖으로 나오려는 기색은 없다.

사무실에 남아 있는 네프기어가 잘 해준 것 같다.

"언니, 제대로 닫았어. 그쪽은 어때?"

잠시 후, 사무실에서 모습을 나타낸 네프기어가 보고를 하자,

"잘했어, 네프기어."

나는 하이터치로 맞이했다.

"괜찮아, 언니? 다친 데는 없어?"

"걱정하지 않아도 돼. 이번에는 잘 했잖아? 가디로이드에 비하면 쉬운 상대라고."

그 순간, 눈치채고 손으로 입을 막는다. 불안한 표정을 짓던 네프기어가 눈을 반짝인다.

"네프기어, 나 또……"

아까와 같은 감각이다. 머릿속에 퍼져 있던 회색 안개가 한 순간에 걷혀 잃어버린 기억의 일부가 선명하게 되살아나는 감각.

"언니!"

들뜬 목소리로 소리 지르며 나에게 뛰어드는 네프기어의 모습에, 기억이 돌아오려 하는 느낌이 가슴속에 퍼져 온다.

하지만 지금은 그걸 기뻐할 상황이 아니라…….

"뭐야, 깔끔하게 정리했네. 조금 더 재미있게 해줄 수 없어? 눈치 없는 녀석들은 미움받는다고."

다시 관내 방송으로 들려오는 린다의 목소리가 우리를 현실로 되돌린다.

"불평하지 말아요. 이걸로 기분 나쁜 게임은 클리어 했으니 약속대로 엘리베이터를 움직여 주세요."

매서운 눈빛으로 하늘을 쏘아보는 벨의 목소리가 순식간에

인적 없는 엘리베이터 홀에 울려 퍼졌다.

"쳇, 잘난 척 하기는. 뭐 괜찮아. 너희들에게 사장과 겨룰 배짱이 있으면 빨리 올라와 봐."

우리의 신경을 긁는 말투로 린다가 대꾸했다.

잠시 후, 홀에 있는 엘리베이터 중 제일 오른쪽 문이 도착을 알리는 벨소리와 함께 열렸다.

아무 말 없이 얼굴을 마주보고 고개를 끄덕인 뒤, 우리는 엘리베이터에 탄다.

엘리베이터가 조용히 움직였다.

엘리베이터를 감싸는 외벽은 중간부터 유리벽이었다. 유리벽 너머로 보이는 지상의 풍경이 눈 깜박할 사이에 점점 작아지는 것으로 보아 빠른 속도로 올라가고 있는 것을 알 수 있었다.

그리고 몇십 초 뒤, 기압의 변화로 귀가 멍멍해질 틈도 없이 엘리베이터는 플라네 타워의 전망대에 도착했다.

다시 벨이 울리고, 문이 열린다.

뭐가 기다리고 있을지 몰라 신중하게 주변의 상황을 살피며 우리들은 도너츠 형태로 타워를 둘러싼 전망대로 진입했다.

전망대인 만큼 개방적인 공간이라 몸을 숨길 만한 장소는 보이지 않는다.

그렇다면 기습을 받을 위험도 없겠다고 나는 생각했다.

하지만 우리들은 배후에서 기습을 받는 것보다 훨씬 효과적인 기습을 당했다.

그것은…….

"언니! 오면 안돼!"

"이거 놔! 놓으란 말이야!"

"흑…… 우에엥……."

그곳에서 들릴 리 없는 목소리.

컴파랑 아이짱과 함께 먼저 학원으로 돌아가 있을 유니 일행의 목소리였다.

"유니, 어떻게 된 거야!"

"롬! 람! …… 뭐야, 이건!"

생각조차 못했던 상황에 느와르와 블랑의 목소리가 커진다.

그리고 그 의문은 상상할 수 있는 최악의 형태로 나타났다.

"어떻게 된 거긴, 보고 있는 그대로지. 아쿠쿠쿠쿠!"

시선 끝, 완만한 커브 저편에서 천천히 다가오는 그림자.

여전히 퉁퉁하게 살찐 나무통 같은 몸을 꽉 끼는 양복에 끼워 넣은 트릭 더 하드가 오른손에 람과 롬을 끌어안고 왼손에는 유니짱의 손목을 잡아 올리고 있는 악몽 같은 광경이 눈앞에 펼쳐졌다.

어째서 유니 일행이 트릭의 손에!?

우리가 아무 말 없이 멍하니 서 있자, 트릭 뒤에서 마룻바닥을 울리는 소리를 내며 다가오는 그림자가 그 악몽에 꺼림칙한 색을 더했다.

"매직 더 하드……."

다가온 그림자, 매직 더 하드는 내가 쥐어짜는 듯한 목소리로 자신의 이름을 중얼거리자 사나운 육식동물로도 혹은 영리한 파충류로도 보이는 황금빛 눈동자를 잔인하게 빛내며,

"여기서부터 스테이지 2야, 여신님들."

웃음이라고 하기에는 차가운 표정을 지으며 말했다.

IV

"스테이지 2는 무슨! 웃기는 소리 하지 말고, 지금 당장 유니짱을 놔줘!"

분명 느와르는 매직에게 말을 걸었다. 하지만 시선은 매직이 아니라 힘든 자세로 괴로워하고 있는 유니짱들에서 떨어지지 않는다.

"유니! 정신 차려!"

"언니…… 미, 미안해."

"왜 네가 여기에! 학원에 돌아간 거 아니었어?"

"하지만……. 네프기어만이 아니라 우리도 언니를 도와주고 싶었는걸."

분하다는 듯 눈가에 눈물을 흘리며 유니짱이 말했다.

이야기를 들어 보니 컴파와 아이짱이 학원에 전화를 하는 사이에 버스를 빠져나가 우리와 다른 루트로 타워에 잠입한 것

같다.

"아쿠쿠쿠, 기특한 동생들이로군. 언니들이 시시한 게임에 빠져 있는 사이에 이렇게 우리에게 붙잡히면 의미가 없지만."

시시한 게임, 이라고 트릭이 말하는 것과 동시에 블랑이 이를 악무는 소리가 들려왔다. 어금니가 깨지는 게 아닐까 걱정이 될 정도의 소리다.

"그런 거였군. 여전히 잔꾀만 쓰고 있다니!"

"지난 회에 인질 작전을 썼으니, 이번에도 인질을 잡으면 재미가 없다고 이 몸도 생각했지. 하지만, 감시 카메라에 이…… 이렇게 귀여운 어린 여자애 플러스 알파가 비치니 참지 못하고 그만! 이건 불가항력! 조, 좋은 냄새. 킁가킁가."

"시, 싫어! 변태!"

"…… 흑…… 그만해."

"이 자식이! 넘으면 안 되는 선을 넘으려 하다니!"

'변태'라고 말할 수밖에 없는 트릭의 거대한 얼굴이 롬짱과 람짱에게 다가간다. 두 사람의 비명이 들리자 더욱 과격해지는 블랑. 솔직히 눈을 돌리고 싶을 정도의 광경이다.

"그쯤 해 둬, 트릭."

라고 말하며 한 발짝 뒤에서 사태를 수습한 건 의외로 매직이었다.

"오늘은 내가 여신들과 놀 시간이야. 너는 얌전히 보고 있어."

"논다고?"

나는 매직을 쏘아봤다.

지금 눈앞에서 얼음과도 같은 미소를 짓고 있던 매직은 예전에 봤을 때와 인상이 다르다. 전에는 악덕 기업의 사장답게 진한 핏빛의 고급스러운 드레스에 호화로운 코트를 걸치고 있는 모습이었지만 지금은 마치⋯⋯.

"네 생각대로다. 여신 퍼플하트. ⋯⋯ 아니, 이쪽 세계에서는 그 이름은 사용하지 않았지."

내 마음을 읽기라도 한 것처럼, 매직이 말했다.

지금 매직이 입고 있는 건 얼핏 보기에는 내가 변신했을 때에 걸치는 코스튬과 거의 비슷한⋯⋯ 아니, 똑같다고 해도 과언이 아닌 모습이다. 코스튬의 어깨와 허리, 발목에는 뾰족뾰족 가시가 돋친 장갑판이, 그리고 등에는 커다란 날개를 각각 장비했다. 손에 들고 있는 무기는 거대한 낫이다. 그 칼날은 여신이라기보다는 죽음의 신을 떠오르게 하는 불길한 빛을 내뿜고 있었다.

"그 차림새는 뭔가요? 저희의 모습을 흉내 낸다고 해서 이긴다고 생각하면 오산이에요."

불쾌하다는 표정을 감추지 않고 벨이 내뱉듯 말했다.

"그런 과장된 추가 파트를 단 것 정도로 우리들이 벌벌 떨 줄 알았나 보지?"

블랑도 이를 악물고 노려본다.

매직의 표정은 변함없다. 기분이 상하지도 않는지 벨에게 시선만 조금 돌리며,

"과장이라…… 그렇군. 솔직히 말하면 아직 테스트도 하지 않은 물건이야. 어느 정도나 힘이 있는지는 나도 아직은 몰라."

매직은 담담한 어조로 말했다.

"무슨 말을 하고 싶은 거야?"

매직의 진의를 파악할 수 없어 내가 물어보자, 매직은 아무 말 없이 나에게 등을 돌리고 따라오라고 말했다.

유니짱들을 인질로 잡힌 이상 우리들에게 거부권은 없다.

"언니, 괜찮아?"

"지금은 어쩔 수 없어."

소리를 죽여 묻는 네프기어에게 그렇게 말하고, 언제라도 매직의 등 뒤를 덮칠 수 있도록 긴장하며 나는 한걸음 나아갔다.

같은 생각을 하고 있는 걸까. 몇 번이나 느와르가 공격하려는 기색을 보였지만, 그때마다 그걸 눈치 챈 트릭이 유니짱의 손목을 세게 잡아당겨 흘러나오는 유니짱의 괴로운 목소리가 그 움직임을 멈추게 했다.

짜증과 초초함으로 속이 타들어 가는 걸 참으면서 우리들은 매직의 뒤를 따른다.

커브를 돌아 우리들이 엘리베이터에서 내렸던 자리 반대편에 도착하자 갑자기 매직이 입을 열었다.

"저걸 봐."

그렇게 말하며 매직이 전망대 구석을 가리킨다.

그쪽을 보니 벤치 몇 개를 붙여 놓은 위에 까맣고 네모난 상자처럼 생긴 것을 올려놓았다. 전산 동호회 방에 있는 빅타워형 컴퓨터와 비슷하게 생겼다.

상자 옆쪽에 둥근 소켓으로 이어진 케이블이 몇 개 튀어나와 천장의 패널을 빼내서 만든 구멍 속으로 이어진다.

"저 상자가 어쨌다고?"

계속 물어보는 것도 짜증이 난다. 아마도 매직 일당은 그걸 노리고 우리를 정신적으로 몰아가려 하는 거겠지. 정말로 음험한 방식이다.

하지만 어떤 정보라도 돌파구를 찾을 열쇠가 될지도 모른다는 생각에 나는 대답을 기다렸다.

그러자,

"이건 우리들의 비밀 병기야. 이제부터 엄청 재미있어질 거야."

상자 뒤쪽에서 소리가 났다. 그리고는 승리의 미소를 얼굴에 띄운 린다와 와레츄가 모습을 드러냈다.

"사장, 준비는 다됐츄."

와레츄가 짧은 다리를 움직여 매직에게 달려간다. 그러자 매직은

"시작해."

라고 짧게 답한다.

"아이아이써!"

린다는 즐겁다는 듯이 대답하고는 다시 상자 뒤쪽에서 움직인다. 그러자 전원이 들어가는 부웅 하는 낮은 소리가 나더니 상자

위에 달려 있는 작은 램프가 빨갛게 빛난다.

그걸 확인하고는 매직은 우리를 바라봤다.

"저 장비 속에는 이전에 너를 세뇌했을 때 사용한 마법의 반지가 들어 있다. 장비에서 뻗어 나온 케이블은 방송용 전파의 발신 안테나와 연결돼 있지. 여기까지 말하면 대충 상상할 수 있겠지?"

"아쿠쿠쿠, 장비의 정체는 증폭 변환기지. 반지의 마력을 변환해 전파에 실어 타워에서 일제히 쏘는 거지. 과연 어떻게 될까? 아쿠쿠쿠."

"재미있겠지? 효과는 아까 밑에서 봤던 대로야. 아차, 넵튠은 체험해 본 적이 있던가?"

"서브리미널 효과라는 거쥬. 세뇌 전파가 조금씩 섞인 텔레비전 영상을 보여주면 전 세계 수천만 명이 사장을 신으로 섬기고 복종할 때까지 몇 분이나 걸릴까쥬."

매직 일당의 입에서 나온 한마디 한마디가 우리를 번갈아가며 두들긴다.

이런…… 이런 지독한 걸 생각해 내다니!

"지금 바로 장치를 멈춰! 이런 거 용서할 수 없어!"

화가 난다기보다는 애원에 가까운 목소리로 네프기어가 외쳤다.

"멈추고 싶으면 나를 쓰러뜨리렴."

그 필사적인 호소를 비웃으며 매직이 말했다.

"그게 스테이지 2라는 건가요?"

"룰은 간단해. 너희 여신들이 한 명씩 나에게 도전해 봐. 누구라도 상관없어. 나를 쓰러뜨리면 세뇌 전파를 멈춰 주지. 당연히 인질들도 놓아주고."

"알기 쉬워서 좋네! 좋았어, 그러면 내가 상대해 주지!"

이제 네놈들의 말을 듣는 것도 지쳤다고! 라며 짜증이 절정에 달한 느와르가 나와 네프기어를 밀쳐내고 매직 앞에 섰다.

"기다려 느와르, 쉽게 도발에 넘어가면 안돼!"

"넵튠은 가만히 있어!"

내 말을 들은 체도 하지 않고 느와르는 매직에게 검을 겨누었다.

"일대 일, 거짓말은 아니겠지?"

"약속하지. 트릭이나 말단들이 손을 쓰진 않을 거야. 상대는 나 하나다."

"좋아! 벨도 말했지? 우리의 모습을 흉내 내도 아무 소용이 없다는 걸 몸으로 느끼게 해 주지!"

"느와르!"

나는 느와르를 진정시키려고 소리를 질렀지만 아무 소용이 없었다.

오히려 내 외침이 신호탄이 된 것처럼 '하아아앗!'하는 기합소리와 함께 느와르의 검이 매직을 향해 일직선으로 뻗어 나간다.

매직이 아무 말 없이 낫자루를 세워 느와르의 검을 막아낸다. 금속과 금속이 맞부딪히는 소리가 울린다.

"아직이야!"

느와르의 맹공격이 계속된다. 손이 보이지 않을 정도의 연속 공격. 느와르의 공격은 더욱더 예리해져, 매직은 쏟아지는 공격을 미처 막아내지 못해 한걸음 물러난다.

하지만,

"아야야! 아파!"

갑자기 검이 부딪히는 소리에 섞여 들려오는 비명 소리가 느와르의 집중력을 빼앗아 검을 둔하게 한다.

트릭에게 붙잡힌 유니의 비명 소리다.

깜짝 놀라 내가 그쪽을 보니 트릭이 유니짱의 손목을 어깨와 팔꿈치를 다칠 정도로 세게 붙잡고 있었다!

"유니!"

느와르가 소리친다.

"승부 중에 한눈을 팔다니, 여유가 있는데?"

그 순간, 매직이 움직였다. 몸을 비틀어 힘껏 붙잡은 낫자루 끝으로 무거운 소리를 내며 느와르의 명치를 세게 찔렀다.

"커헉!"

"언니!"

느와르가 숨을 토하며 무릎을 꿇자, 유니짱이 비명을 지른다. 봐주지 않고 계속되는 공격에 느와르는 비명도 지르지 못하고 온몸을 두들겨맞아 바닥에 쓰러진다.

"이 자식이! 일대일 승부라고 했잖아! 더러운 수법을 쓰다니!"

블랑이 트릭을 향해 외친다. 하지만 나는 이 '게임'의 진정한 룰을 알게 되었다.

"아쿠쿠쿠, 미안미안. 숨 막히는 승부라 보고 있으려니 그만 손에 힘이 들어가는군."

"웃기지 마!"

"아니아니, 지금 건 진짜로 사고라고. 고의도 아니고. 이 몸은 이래봬도 신사라 자부하니까. 아쿠쿠쿠!"

알고 있었다. 알고 있었지만, 정말로 이 녀석들의 정신은 썩었어!

또 다른 우리는 다른 세계에서 이 녀석들의 '본체'를 상대로 얼마나 괴로운 싸움을 해 왔을까 동정하게 된다.

"그럼, 불행한 사고는 흘려 버리고 다음 선수 나와 주세요. 아쿠쿠쿠쿠, 벌써 한 명이 움직이지 못하게 됐잖아. 사장은 한 번만 지면 그만이지만, 너희들은 아직 네 명 남아 있으니까 아직 체념할 때가 아닐 텐데?"

"…… 비겁한…… 놈……."

움직일 수 없게 된 느와르가 바닥에 등을 대고 괴로운 숨을 내쉬며 신음했다.

"느와르! 정신 차려!"

나는 곧바로 달려가 느와르를 끌어안으며 매직 일당을 노려봤다.

정말이지 궤변이 따로 없다.

처음부터 이 녀석들은 정정당당하게 승부를 낼 생각은 없었다.

우리가 유리해져서 조금이라도 매직이 질 것 같으면, 다시 '불행한 사고'를 일으켜 유니 일행에게 위해를 가하겠지.

"어서어서, 빨리 사장을 쓰러뜨리지 않으면 느긋하게 텔레비전을 즐기는 시청자들이 위험해진다고? 그래도 좋아? 아쿠쿠쿠!"

하지만 알고 있다고 해도 이 게임을 그만둘 수는 없었다. 아무것도 모른 채 살아가는 수천만 명이나 되는 사람들의 마음을 이 녀석들에게 짓밟히게 할 수는 없다.

어떻게 해야 할까?

"덤비지 않으면 내가 먼저 공격하지."

해결 방법을 생각할 여유도 없이 매직이 낫을 들고 자세를 잡으며 한 걸음 내딛는다. 매직은 블랑을 노려 혼신의 힘으로 낫을 휘두른다.

공격받은 이상, 받아들일 수밖에 없다. 블랑은 자랑하던 도끼로 매직의 공격을 받아내 그대로 아무 말도 없이 공격에 들어간다.

블랑은 잘 막아냈다. 결정적이라고 생각되는 일격을 몇 번이고 종이 한 장 차이로 막아냈다. 하지만 그것뿐이었다. 낫을 휘둘러 자세를 흐트러트린 매직에게 반격하려 하면,

"그건 그렇고 이 몸이 좋아하는 젖비린내가~ 코끝을 어루만지는 게 참을 수 없네. 이 향기를 반찬삼아 할짝할짝을……."

"잠깐! 다가오지 마! 침이 묻잖아!"

"…… 으앙…… 싫어…… 도와줘, 언니."

"오, 오옷, 안되지. 이 몸의 마음의 소리가 새어 나오다니. 아쿠쿠, 승부에 집중해야지. 너희도 사랑스러운 목소리로 노력하는 언니를 응원해야지."

제대로 공격을 할 수 없다.

한순간이라도 빈틈을 보이면 매직의 공격에 유린당할 뿐.

그렇게 블랑이 무참하게 쓰러지고, 벨도 아무것도 하지 못한 채 힘이 다했다.

"죄, 죄송해요, 네푸네푸…… 네프기어짱……."

남은 건 나와 네프기어.

매직이 누구를 선택한다고 해도 손을 쓸 방법이 없다. 그렇다면 차라리…….

희망이라고도 할 수 없는 티끌 같은 가능성에 걸고 나는 말했다.

"다음은 내가 상대하지."

"언니!"

나를 붙잡는 네프기어의 손을 뿌리치고 나는 양손을 활짝 펴 네프기어를 지키는 것처럼 매직 앞에 섰다.

"어쩌려는 거지?"

"뭘 어쩌자는 건 아니야. 어차피 제대로 싸울 수 없다면 자세를 잡아 봤자 소용없다고 생각했을 뿐이지. 네 그 장비가 허풍이 아니라 우리를 쓰러뜨릴 정도의 힘을 가지고 있다는 것도 확실하니까. 지지던 볶던 마음대로 해."

매직의 질문에 도발하듯 그렇게 대답한다.

그 순간, 꿈쩍도 하지 않던 매직의 표정이 처음으로 변했다.

반질반질 빛나는 입술을 핥더니 입꼬리를 초승달처럼 끌어올리며 황금빛 눈동자를 크게 뜬다.

웃고 있다. 그걸 깨닫기까지 시간이 걸렸다. 나는 지금까지 이렇게 잔인한 웃음을 본 적이 없다.

"반드시 그렇게 해 주지."

매직은 기쁘다는 듯이, 정말로 기쁘다는 듯이 대답했다.

이렇게 또 하나, 계획이 무너졌다.

무저항인 사람을 괴롭힐 거냐고 도발했더니 '반드시'라고 웃는 얼굴로 대답하는 일그러진 사람이 있을 거라고는 상상도 못했다. 상상하고 싶지도 않았다.

"하지만 나는 그렇게 간단히 쓰러지지 않아."

나에게는 또 하나의 계획이 있었다.

저쪽 세계에서는 어떨지 모르겠지만 지금 매직에게 의식을 빼앗긴 사람은 원래는 이 세계의 일반인, 보통 인간일 것이다.

확실히 매직의 장비는 대단하다. 비겁한 수법을 썼다고는 해도 변신한 우리를 거의 한방에 쓰러뜨릴 정도니까 보통은 아니다.

하지만 그걸 조종하는 건 보통 사람의 몸. 언젠가는 분명히 체력이 다해 쓰러질 때가 온다.

그때 네프기어만이라도 무사히 있어 준다면 무언가…… 무언가 방법을 찾아낼지도 모른다.

지금 바로는 생각이 안 날지도 모르지만 네프기어는 머리가 좋은 아이다. 나는 거기에 기대를 걸었다. 이런 무모한 짓을 네프기어에게 시킬 수는 없다. 내가 할 수밖에 없어.

네프기어는 동생이고 나는 네프기어의 언니. 동생을 지키는 일은 언니의 역할이니까.

"지금까지 쌓여 왔던 원한을 갚아 주지! 여신 퍼플하트!"

폭풍과도 같은 맹렬한 공격이 내 온몸을 덮친다.

견딘다. 견뎌낸다. 무슨 일이 있어도!

내가 기억상실증에 걸렸다는 걸 알고 울면서 무너진 네프기어의 모습이 머릿속에 되살아났다. 이야기를 들어도 실감이 나지 않아 네프기어를 울려 버린 것도. 같이 게임을 하고, 같이 울었던 것도.

생각해 보면, 다시 만난 뒤로 나는 언제나 네프기어를 울리기만 했다.

네프기어는 다정하니까 내가 매직에게 엉망진창으로 당하는 걸 보면 또 울 거라고 생각하지만, 네프기어가 험한 꼴을 당하는 모습을 보는 것보다는 훨씬 낫다.

"언니, 이제 그만! 죽는다고, 진짜로 죽을 거야!"

괜찮아, 네프기어. 너를 지키기 위해서라면 이 정도는 아무것도 아니야. 너를 울린 벌이라고 생각하면 아무것도 아니야.

나는 이를 악물고 다리에 힘을 주며 견뎌냈다.

견디고, 견디고, 계속 견뎌냈다.

"이제 만족해? 기억나지도 않는 원한을 가지고 이렇게 당하는 것도 즐겁지는 않은데."

"그 꼴이 되고서도 잘도 떠들어 대는군……. 하지만 아직도 충분하지 않아."

어라 그래? 그럼 어쩔 수 없네.

나는 계속해서 견뎌냈다.

이쯤 되니 무릎이 떨리기 시작한다. 눈앞이 흐려진다. 하지만 아직이다.

"공격이…… 조금 둔해지지 않았어? 너무…… 무리하지…… 않는 게…… 좋겠는데."

저걸 봐, 생각한 대로야.

방금 전까지만 해도 아무렇지도 않다는 얼굴을 하고 있던 매직이 지금은 거친 숨을 내쉬고 있다. 뺨에도 땀이 맺혀 있다.

네프기어만이 아니라 유니짱, 롬짱, 람짱의 울음소리를 듣는 일은 마음이 아팠지만, 이제 조금만 있으면 돼. 조금만 더 힘 낼게.

"어디서 구했는지 모르겠지만 그거 성능이 굉장하네. 저지에게 준 장난감 같은 파워드 슈트랑은 다른 모양이지?"

"뜨거운 맛을 못 봤군……."

강렬한 한방이 왔다.

힘이 들어간 하이킥.

이런, 도발이 너무 심했나? 라고 생각한 순간, 매직의 발끝이 내 관자놀이에 직격했다.

견디자……. 하지만 역시 이건 견뎌낼 수 없다. 전자레인지에 머리가 박힌 것처럼 불꽃이 튄다. 긴장을 유지해 왔던 실이 끊어져 몸이 옆으로 날아갔다.

나를 기다리고 있는 건, 전망대를 둘러싼 거대한 유리창.

어깨가 유리창에 부딪히는 감촉이 나더니, 나는 깨진 유리창의 파편과 함께 허공에 내던져졌다.

"꺄아! 언니이이이!"

불어오는 바람 소리에 섞여 네프기어의 목소리가 들렸다.

나는 무의식중에 네프기어의 얼굴을 찾기 위해 몸을 돌렸다.

내 머리 위에서 말하는 걸까. 어쩐지 굉장히 높은 곳에서 들려오는 것만 같았다.

아아, 그렇지. 나는 지금 떨어지고 있구나.

매직에게 걷어차여 유리창을 뚫고 전망대에서 떨어진다.

안되겠는걸. 이래서야 지난번이랑 똑같잖아.

그때도 나는 네프기어를 지키려고 했다. 그게 언니의 역할이라고 말하며……

그때도.

그때…… 그때?

"동생을 지키는 건 언니의 역할이야. 당연한 일이라고."

한순간, 그때까지 머릿속을 덮었던 안개가 걷혔다.

그 안개 너머에 무채색으로 멈춰 있던 언제나의 풍경이, 대화가, 추억이 한 순간에 색을 되찾아 살아난다.

아, 그렇지. 그랬었구나.

"옛날에 천계에서 지상에 내려가기 위한 거대한 배가 있던 장소야."

"잇승이 다음에 어떻게 할 것인지 생각해 줄 거야. 이것도 작전이라고. 아무 문제없어."

나, 네프기어에게 사과할 게 있어.

그렇게 속였으니 분명히 화를 냈겠지.

그래, 잇승에게도 사과해야겠다. 긴급사태였다고는 해도 악역을 맡겼으니까.

"…… 이 뒤의 일은 너에게 맡길게. 네프기어."

정말이지, 타이밍이 너무 나빠서 질릴 지경이네. 그래도 그렇지, 이럴 때 전부 기억나지 않아도 되잖아.

비슷한 상황에서 같은 말을 해야 하다니, 너무 뻔한 전개 아니야?

"미안, 네프기어. 미안하지만 이 뒤의 일은 너에게 맡길게."

BOSS BATTLE

우와아, 바람이 엄청 세네.

뭐, 당연한 건가. 떨어지고 있잖아.

폼 잡느라 엄청 맞은 덕분에 변신도 풀렸어. 이거 큰일났는데.

아, 하지만 변신이 풀렸다는 건 진지한 전개가 아니라도 된다는 건가? 개그 해금?

그렇다면 이대로 바닥에 떨어져도,

"아야야야야……. 이제 스카이다이빙은 못해먹겠어."

♪뚜루루룽, 쨔잔(효과음) → 화면 암전. 내 얼굴만 둥글게 잘려 나오는 연출로 위기상황을 빠져나올 수 있으니까 다행이려나.

게다가 이렇게 높은 곳에서 떨어졌는데도 묘하게 힘이 넘친다고나 할까, '아, 이게 본편인가?' 같은 두근거리는 느낌이 드는게 이상하네. 이상한 말일지도 모르겠지만 '떨어지는 데 익숙하다'고 해야 하나?

그러니까 당황하지 말고, 버둥거리지 않고 중력에 몸을 맡긴 채 가 볼까!

…….

일 리가 없잖아! 정말이지, 도입부에 넣는 개그신이라면 모르지만 지금은 안돼! 클라이맥스란 말이야.

유니짱도 롬짱도 람짱도 트릭에게 붙잡혔고, 느와르랑 벨이랑 블랑도 매직에게 당했고, 혼자 남은 네프기어에게 '열심히 해!'라고 내던지듯이 맡기고. 언니로서 이건 아니잖아!

아, 아까는 심각한 전개에 휩쓸려서 그런 얘길 한 거지, 아니야 아니야, 그건 아니야!

겨우 기억이 돌아왔는데—그래! 매직의 킥이 강렬해서 뇌세포가 충격을 먹은 게 원인이었는지 예전에 지상에서 떨어졌을 때의 상황이 재현된 게 원인이었는지 그건 모르겠지만—그런 퇴장 플래그를 새우고 주인공이 빠진 채 끝낼 수는 없다고!

매직에게 흠뻑 당한 뒤라도 기세등등하긴 하지만, 이제 어떻게 해야 하지?

다행히도 딱 좋은 타이밍에

"네푸네푸!"

"네프코! 정신 차려!"

라는 목소리가 들려오고는 컴파와 아이짱이 도와주러 오면 좋겠지만 아쉽게도 여기는 하늘 위고…… 으응?

"브레이브 선생! 조금 오른쪽! 오른쪽이에요!"

"네프코! 정신이 들었으면 손발을 움직여!"

정말로 컴파와 아이짱의 목소리다! 정말로? 환상이 아니라?

하지만 여기는 하늘 윈데?

나는 반쯤은 자포자기한 심정으로 파닥파닥 손발을 움직이며 몸의 방향을 바꿔 보려 했다.

지금은 등에서 바람을 받아 타워 꼭대기가 보이는 자세니까 머리를 밑으로 하고 빙글 돌면…… 이얍! 됐다! 과연 이 몸!

몸의 방향을 바꾸자 눈에 들어오는 풍경에 나는 깜짝 놀랐다.

어? 뭐야 이거? 밑에서 굉장한 기세로 나를 향해 오는 건 ……
손? 엄청나게 큰 손이 보이는데!

그 커다란 손이 피할 수 없을 정도로 가까운 거리에! 우와아!
부딪친다! 부딪쳐!

이마에 아픔이 느껴지고 머리에 불꽃이 튄다. 갑자기 뭐야, 황
당한 데에도 정도가 있지.

"아야야, 이마가 까진 거 아니야?"

손으로 이마를 어루만지며 나는 천천히 몸을 일으켰다. 어떻
게 된 거지?

상황이 이해가 되지 않아 혼란스러워하고 있는데

"나이스 캐치!"

"브레이브 선생, 고맙습니다!"

아까보다 더 가까운 곳에서 두 사람의 목소리가 들려와 나는
소리가 나는 쪽으로 고개를 돌렸다. 그리고 깜짝 놀란다.

이번에는 얼굴! 커다란 손 다음에는 커다란 얼굴이 내 눈
앞에!

"아슬아슬했네. 괜찮아?"

그것도 로봇 얼굴이라고, 로봇 얼굴!

그렇지, 확실히 이 사람(이 로봇?)이 네프기어 일행을 인솔해
온 체육 선생이었지. 이름은 브레이브 선생!

그렇구나, 내가 떨어지기 전에 브레이브 선생이 밑에서 날아올
라 잡아준 것 같았다.

자세히 보니 브레이브 선생의 오른쪽 어깨에는 아이짱이, 왼쪽 어깨에는 천으로 둘둘 만 기다란 물건을 짊어진 컴파가 나를 향해 손을 흔들고 있다.

오오, 저 자리 굉장히 좋은데. 어떻게 보면 조종석에 타는 것보다도 폼 나는 장소네.

뭐? 저런 불안정한 곳에 타면 떨어진다고?

뭐야아, 그런 멋없는 얘기는 하면 안 되지. 로봇의 어깨나 머리에 탄 소년소녀는 무슨 일이 있어도 떨어지지 않아. 이건 약속된 전개라고.

그건 그렇고,

"괜찮아! 고마워!"

나는 검지 손가락을 세워 브레이브 선생에게 무사하다는 걸 어필했다.

"혹시나 해서 페리에 공중전 장비도 실었는데 다행이었군. 전망대에서 네가 떨어질 때는 조마조마했지만, 잘 맞춰서 다행이야."

"역시 슈퍼로봇은 하늘을 날아야죠. 멋지다!"

"칭찬해 줘서 고마워. 그것보다 다른 사람들은 어디 있어?"

"위에요! 내가 떨어진 곳!"

이런 부분은 과연 선생. 나를 멋지게 붙잡았어도 들뜬 모습은 전혀 보이지 않고 진지하게 물어본다.

나도 선생의 손에서 몸을 일으켜 전망대를 가리켰다.

"지금 큰일 났어요! 위기, 엄청난 위기! 빨리 도와주러 가야

해요!"

"꼭 붙잡아!"

내 손끝을 쫓는 것처럼 얼굴을 든 브레이브 선생은 그렇게 말하고는 등의 날개에 햇빛을 받으며 다시 위로 올라간다.

갑자기 내리치는 듯한 바람의 압력에 내 머리카락이 휘날리지만, 괜찮아. 떨어지지 않아. 왜냐하면 약속의 전개니까.

"브레이브 선생! 내가 있는 쪽 팔로 전망대를 뚫어 주세요!"

눈 깜짝할 사이에 전망대가 있는 곳까지 올라오자 나는 말했다.

"알았어, 간다!"

브레이브 선생이 나를 태운 손을 있는 힘껏 앞으로 내민다. 선생의 팔이 전망대에 박혀 아까 내가 부딪혀 뚫린 구멍을 더욱 넓힌다.

"하하하하하! 사랑과 용기와 수수께끼의 주인공 넵튠! 지금 컴백!"

브레이브 선생의 손 위에서 팔짱을 낀 자세로 버티고 서서 나는 소리 높여 외쳤다.

내 목소리에 깜짝 놀란 매직 일당. 뭐 당연한 건가.

완전히 승리한 기분으로 마지막 남은 네프기어를 괴롭히려고 하는 순간 슈퍼로봇의 팔이 튀어나오는 전개라면 놀라겠지.

쓰러뜨렸을 거라고 생각한 나까지 있으니 말이야.

"…… 뭐, 뭐, 뭐야 이건!"

트릭은 생각지도 못한 범인의 반격에 총으로 배를 맞은 형사 같은 목소리를 내며 입에서 거품을 물었다.

그 반응은 내 예상을 뛰어넘었다. 시선이 완전히 브레이브 선생과 나에게 집중돼 빈틈 투성이. 이 기회를 놓칠 수 없지!

"이야앗! 빈틈!"

나는 브레이브 선생의 손가락을 발판 삼아 점프를 해서

"하이퍼 벼락 키이익!"

필살기를 크게 외치며 혼신의 힘을 다해 트릭의 얼굴에 날라 차기를 먹었다.

"꾸게에게엑!"

트릭의 입에서 의미를 알 수 없는 비명 소리가 울려 퍼졌다. 근사하게 명중.

툭 튀어나온 이마 한가운데에 내 킥이 명중하자 축 늘어진 혀를 힘껏 깨문 트릭이 양손으로 입을 가리고 절규했다.

내 입으로 말하는 것도 뭐하지만, 이거 아프겠는데!

양손으로 입을 감싸고 있다는 건 손으로 붙잡고 있던 유니짱 일행이 풀려났다는 이야기다.

"세 명 다 이쪽으로 와!"

브레이브 선생의 어깨를 타고 전망대에 나타난 아이짱이 곧바로 세 명을 보호한다. 일단은 한숨 놨어.

공중에서 한 바퀴 돌아 착지한 나는 깜짝 놀라 입을 벌린 채 멍하니 있는 네프기어에게 달려갔다.

"네프기어, 괜찮아? 매직이 괴롭히지는 않았어?"

"어, 언니……."

"괜찮은 것 같네. 그 동안 쌓인 이야기는 천천히 하도록 하자. 지금은 내가 말하는 대로 따라 줘. 위험하니까 물러서 있어."

상처는 없는 것 같아 안심하면서도 나는 네프기어를 뒤로 물러서게 한다.

"이제 됐어. 브레이브 선생! 팔을 오른쪽으로 움직여 주세요!"

네프기어가 물러선 걸 확인한 내가 소리를 지르자,

"응? 이렇게?"

브레이브 선생의 커다란 팔이 내가 말한 대로 전망대의 플로어를 쓸어내듯이 움직이기 시작한다.

유리창을 깨뜨려가며 도착한 곳은 그 세뇌 전파 증폭 장치.

"그, 그건 아니지! 말도 안 돼!"

"우, 우리 취급이 너무한 거 아니츄?"

그리고 장치에 붙어 이리저리 조작을 하고 있던 말단 2인조.

유리창 수선비는 나중에 매직 컴퍼니에게 청구하면 되고, 지금은 저걸 부수는 게 중요하다고!

브레이브 선생은 두 사람의 존재도, 장치도 모르고 있는 것 같지만 지금은 가만히 있는 게 좋겠지. 처음부터 그럴 생각이었고.

말하자면 손등 치기? 백 핸드 너클? 그렇게 휘젓는 브레이브 선생의 손이 말단들과 장비를 박살낸다.

바로 옆에서 교통사고가 일어난 것 같은 굉장한 소리가 들린다.

"…… 너, 너무해……."

"이, 이걸로 우리들의 출연은 끝인건가츄……."

눈이 빙글빙글 돌고 있는 말단들의 목소리를 확인한 뒤,

"스톱! 선생, 이제 됐어요!"

라고 말했다. 이것으로 천벌은 완료!

"지금 건 도대체 왜 한 거지?"

"신경 쓰지 말아요. 그것보다 본편은 지금부터라고요. 선생도 눈앞의 적에 집중!"

"음, 그렇지."

남은 적들, 매직과 트릭을 가리키며 내가 말하자 그제서야 혼돈에 빠진 상황을 수습한 매직이 이를 악물며 나를…… 이 아니라 내 뒤에 있는 브레이브 선생을 노려봤다.

"네 이놈…… 브레이브!"

분한 건지 화가 난 건지 온몸을 부들부들 떨면서 매직이 외친다.

어라? 이럴 때는 내 이름을 외치면서 화내야 하는 거 아니야?

거기다가 매직이 말하는 걸 들어보면 브레이브 선생을 알고 있는 것 같은 눈치인데.

"역시 매직인가……. 마제콘느 학장과 저지에게 이야기는 들었지만, 아무래도 정말로 다른 세계의 마물에게 홀렸나 보군."

브레이브 선생도 어떻게 된 일인지 매직과 아는 사이인 모양이다.

어라? 이거 예상 밖의 전개잖아?

"마물이라고!? 결정적인 순간에 우리를 배신한 마제콘느 사천왕의 수치가 이 몸을 마물 취급하다니, 브레이브!"

"사천왕이라고? 무슨 소리를 하는 거지? …… 잘은 모르겠지만 기억에도 없는 일로 마물처럼 수치니 뭐니, 배신자 취급을 받을 이유는 없어! 시시한 말장난은 그만 하고, 너도 얌전히 친구의 육체를 해방시켜 줘!"

치, 친구!?

이건 또 예상 밖의 전개. 나는 눈과 입을 크게 쩍 벌리고 몇 번이고 브레이브 선생과 매직을 바라봤다.

"갑자기 나타났나 했더니만 정의의 편이라는 듯 잘난 척 하기는! 뭐 하자는 거야!"

"문답무용! 내 친구의 몸이라고 생각하면 상처를 입힐 수는 없지만, 얌전히 묶여라!"

브레이브 선생이 사극 주인공 같은 대사를 외치며 팔을 크게 휘둘렀다.

말단들과 함께 세뇌 전파 증폭 장치를 때려부순 브레이브 선생의 손이 화면을 되감는 것처럼 돌아온다.

주먹을 쥐었던 손이 이번에는 곧게 펴진다.

"쳇!"

위험을 감지한 매직이 혀를 차며 재빨리 앞으로 뛰어오른다.

"앗, 임마!"

내가 말릴 겨를도 없이 유리창이 깨져 바람이 불어오는 창밖으로 매직이 뛰어내렸다.

다, 당했다! 등에 달려 있던 그 날개 같은 추가 파트, 장식이 아니라 제대로 날 수 있는 거였구나!

"아, 사장 비겁해! 아니 매직! 나를 놔두고 가지 마!"

한편, 아무리 봐도 날 수 없을 것 같은 몸집의 트릭이 소리를 지른다.

거기에 벽에 부딪혀 불꽃을 튀기던 브레이브 선생의 철권이 날아왔다.

"에에잇, 장난이 아니라구!"

하지만 말단들과의 차이를 보여준 트릭이었다. 스모 선수 같은 자세로 브레이브 선생의 손을 받아낸 건 대단했다. 트릭의 노력도 이쯤 해서 끝날 것 같지만 말이야.

쉽게 붙잡히지 않는다며 필사적으로 브레이브 선생의 손가락과 씨름을 하고 있지만 거기에만 집중하느라 등 뒤에서 슬금슬금 기어오는 그림자를 눈치 채지 못했는걸. 여기에서는 다 보이지만.

그 그림자 중 하나, 유니짱에게 부축을 받으며 천천히 일어난 느와르가 '쉿, 조용히 해.' 라는 제스처를 취하며 손가락을 입술에 대고는 나에게 윙크를 한다.

똑같이 롬짱과 람짱의 부축을 받아 일어난 블랑도 목을 빙글빙글 돌리며 도끼를 들고 준비 완료.

조금은 휘청거리는 것 같지만 아이짱의 도움을 받아 둘이 함께 창을 든 벨도 준비가 끝난 것 같다.

"아쿠쿠쿠! 어떠냐? 이 몸을 단순히 어린 여자애를 좋아하는 변태라고 얕보면 곤란하지!"

상황을 눈치채지 못한 트릭이 새빨개진 얼굴로 말한다.

"이 몸은 어린 여자애의 보들보들한 피부를 할짝할짝하는 걸 좋아하지만 내가 남에게 얕보이는 건 참을 수 없지! 내가 힘을 다한다면 브레이브 정도에게……."

아, 응. 아무것도 모른다는 건 행복한 걸지도 모르겠네.

그 뒤 여기에서 벌어질 참극을 생각하면 아무리 악당이라고 해도 조금은 트릭을 동정하고 싶을 정도라니까. 물론 동정할 리 없지만.

이쪽은 이대로 모두에게 맡기면 정리가 될 것 같아. 그러면 내가 해야 할 일은 단 하나.

"가자, 네프기어. 아직 할 수 있지? 우리들이 매직을 물리치자!"

내가 그렇게 말하자, 네프기어는 대답 대신 고개를 크게 끄덕였다.

그 대답에 마음이 든든해지는 것을 느끼면서 나는 두 번째로 변신했다.

"좋은 대답이야. 하지만 가디로이드처럼 간단한 상대도 아니고, 천계처럼 잇승이 도와주거나 서포트하지도 않는다고. 방심하면 안 돼."

　변신을 끝낸 후, 흐트러진 네프기어의 머리를 손가락으로 쓸어 올리며 나는 말했다.

　네프기어는 잇승이라는 말을 듣자 눈을 크게 뜬다.

　후후, 정말로 생각하는 게 얼굴에 바로 나타나는 아이라니까.

　"언니…… 설마!"

　"잠깐만, 아까도 말했잖아. 쌓인 이야기는 나중에. 알았지?"

　장난치려고 말한 건 아니야.

　지금은 해야 할 일이 있는 것뿐.

　모든 걸 정리한 뒤에 다시 만나게 된 걸 기뻐하면 돼. 누구의 방해도 받지 않고 모두의 웃음에 둘러싸여.

　지금은 참아야 돼.

　그런 나의 마음을 네프기어는 알아챈 것 같다. 이심전심이라는 걸까.

　"모든 게 끝나면 마음껏 어리광 부릴게, 언니."

　"갑자기 어리광? ……어쩔 수 없지. 빨리 정리하자."

　그렇게 말하고 나는 이번에는 자신의 의지로 **다시 전망대에서** 뛰어내리려 했다. 그러자,

　"기다려요. 네푸네푸. 잃어버린 물건이요."

갑자기 컴파의 목소리가 들려와 나는 뒤를 돌아봤다.

"이거, 필요할 것 같아서 우리들의 비밀 기지에서 가져왔어요."

컴파가 웃는 얼굴로 그렇게 말하면서 내민 것은 도와주러 왔을 때부터 계속 등에 지고 있던 꾸러미였다.

받은 순간 나는 그게 무엇인지 알 수 있었다.

꾸러미에서 모습을 드러낸 건 또 다른 세계의 나—여신 퍼플하트에게 받은 검이었다.

"언니, 그 검…… 어떻게?"

변함없는 그 신비한 검의 반짝임을 본 네프기어가 놀란 목소리로 말했다.

"이건 내 소중한 친구…… 또 하나의 나에게 받은 거야."

나는 네프기어에게 그렇게 설명했다. 그 순간 내 머릿속에 섬광이 반짝인다.

"그렇구나. 그래서 퍼플하트는 이 검을 나한테……."

"아, 언니?"

"네푸네푸, 왜 그래요?"

나도 모르게 그렇게 입밖에 낸 순간 네프기어와 컴파가 내 혼잣말을 듣고 말을 걸어 온다.

나는 깜짝 놀라 "아니, 아무것도 아니야."라고 고개를 흔든다. 지금은 매직을 뒤쫓을 때야.

"고마워 컴파, 그럼 다녀올게."

나는 컴파에게 받은 검을 머리 위로 들어올리며 말했다.

"힘내세요 네푸네푸. 기어짱도 조심하세요!"

"네! 언니와 함께라면 어떤 악당에게도 지지 않아요!"

컴파의 응원을 들으며 나와 네프기어는 전망대 밖으로 발을 내디뎠다.

매직, 놓치지 않아! …… 한번에 결판을 내자!

*

"둘이서 덤비면 이길 거라고……? 우습게 보지 마."

차가운 바람이 부는 하늘 위에서 우리들과 대적하는 매직이 자기 키 정도의 낫을 여전히 가볍게 휘두르며 말했다.

힘을 담아 휘두르는 것처럼 보이지 않지만, 한번 휘두를 때마다 바람이 날려 보이지 않는 칼바람이 우리를 베어 버릴 것 같다.

우리들은 좌우로 나뉘어 그 공격을 피한다. 내가 오른쪽으로 돌아 매직의 주의를 끌자 왼쪽에서 네프기어가 사격 모드로 설정한 M.P.B.L.을 연사한다.

빛으로 반짝이는 빔의 탄환이 매직이 장착한 추가 장비—아마도 프로세서 유닛을 흉내 낸 거겠지—에 직격한다.

"잔머리를 굴리는군."

하지만 상처 하나 나지 않는다.

사선 위에 있는 내가 맞지 않도록 네프기어가 출력을 약하게 해서 쏜 거지만, 그 위력은 지상의 군대가 사용하는 전차포의 포격에 필적하는 것이다.

역시 저지가 장비했던 장난감 같은 아머와는 다른 것 같다.

하지만 아무리 강력한 무기나 방어구라고 해도 효용은 사용하는 사람에게 달린 것. 난 이미 매직을 공략할 실마리를 찾아냈다.

비겁하게도 유니 일행을 인질로 삼아 우리를 농락했던 매직.

일격에 느와르를 쓰러뜨릴 정도로 강력했지만, 마지막에 어땠는지를 생각하면 이미 답은 정해져 있다.

나는 한번에 결판을 내려 하지 않고 매직의 공격을 아슬아슬하게 피하면서 슬금슬금 공격하는 작전을 세웠다.

내 의도를 알아챈 네프기어도 섣불리 공격하지 않고 원거리에서 지원 공격을 해 준다.

"퍼플하트……. 분하군. 저쪽에서도 너희 여신들만 없었다면 우리의 비원은 이뤄졌을 텐데……."

"아쉽게도 너희가 또 다른 세계에서 무슨 짓을 했는지는 모르겠지만, 어차피 시시한 일이었겠지?"

그렇다면 또 다른 내가 너와 다른 세계의 마제콘느의 야망을 저지한 것처럼 너를 저지할 거야. 그걸 위해서는 조금만 더…… 조금만 더 시간을……

머리칼이 흐트러진 채 땀방울을 흘리면서 한 방이라도 맞으면 몸만이 아니라 영혼까지도 베어지는 게 아닐까 하는 착각이 들 정도의 공격을 아슬아슬하게 피하는 건 나에게 있어서도 정신이 나갈 것만 같은 작업이었다.

혼자였다면 어려웠겠지. 하지만 지금은 네프기어가 있다. 나의 일거수일투족을 관찰해 내 마음을 읽어 정확하게 지원하고 있다.

학원의 카페에서 같이 게임을 할 때와 똑같은 느낌. 그건 절대적인 신뢰다.

"죽어라!"

또다시 무시무시한 일격이 왔다. 주변의 공간이 일그러지는 듯한 살의와 증오가 담긴 일격.

이걸 맞으면 확실히 죽겠지. 하지만 지금의 나에게는 이걸 피하거나 받아낸다는 선택지는 떠오르지 않았다.

"그렇게는 안될 걸!"

몇 번이라도 말해 주겠어. 지금의 나에게는 네프기어가 있으니까.

저 멀리에서 날아온 광선이 내 어깨를 찌르려는 듯 아슬아슬하게 다가온 낫에 맞아 튕겨나간다.

어긋난 낫의 궤도를 바로잡을 수 없다 보니 매직의 몸이 낫을 휘두르는 원심력에 휘청거린다.

이거야말로 내가 기다리고 있던 순간이었다.

생각해 보면 저지랑 싸울 때도 그랬지. 아무리 강력한 힘에 마음을 빼앗겨 지배당하더라도 육체 그 자체를 바꿀 수는 없는 법이다.

마음은 괜찮다고, 아직 할 수 있다고 생각해도 육체가 그 마음을 쫓아오지 못하는 순간이 언젠가는 온다.

지금이야말로 승부를 낼 때야!

그 순간 나는 그때까지 일정한 간격을 유지하던 거리를 좁혀 칼등으로 매직의 손등을 세게 쳤다.

"으윽!"

매직은 처음으로 고통스러운 표정을 지으며 손에서 낫을 떨어 뜨린다. 낫은 순식간에 지상을 향해 떨어져 보이지 않게 되었다.

나는 칼날을 돌려 매직의 목에 들이댔다.

"승부는 끝났어. 얌전히 항복하라고."

나는 말했다.

"너도 이미 알고 있을 텐데. 저쪽 세계에서 네가 얼마나 강했 는지는 모르겠지만, 지금 네가 깃들어 있는 몸은 이 세계에 살고 있는 보통 인간이야. 그 육체의 한계를 뛰어넘어 싸울 수는 없을 거야."

타이르듯 천천히 말한다.

"…… 그렇군."

매직의 몸에서 힘이 빠져나가는 걸 알 수 있었다.

나는 의외의 사태에 놀라 매직을 바라본다.

항복해 주길 원했던 건 맞지만, 실제로 이렇게 순순히 이야기를 들어줄 거라고는 생각하지 못했으니까.

"네가 말하는 대로야, 이쪽 세계의 퍼플하트."

매직이 그렇게 말하고는 웃는다.

"그렇지 않으면 네놈이 마제콘느 님을 쓰러뜨릴 수 없었겠지."

"…… 어쩐지 그 말투, 거슬리는데."

"사실이야. 내가 과거에 맛보았던 여신의 힘은……. 이렇게 약해빠진 게 아니었어."

매직은 천천히 고개를 저으며 이야기한다.

"세계의 법칙마저 원하는 대로 바꿀 수 있는, 상상을 뛰어넘는 힘이지."

…….

생각도 못했던 굉장한 이야기를 들었다. 아무래도 저쪽 세계의 나는 엄청난 존재인 것 같다. 게임으로 말하자면 만렙을 찍은 것과 비슷할까.

하지만 지금은 본 적도 없는 저쪽 세계보다는 우리가 사는 이 세계의 평화를 지키는 게 중요하다.

"잘은 모르겠지만, 너에게 홀린 육체를 해방시켜 줘."

나는 고개를 가만히 저으며 말했다.

"동정…… 인가."

"어떻게 생각하든 상관없어."

"여신에게 동정을 받다니, 나도 한심하군. 그렇다면 마제콘느 님의 유지를 잇는 일은 불가능하겠지."

매직은 자조적으로 웃었다.

처음에는 가만히 입술을 움직이는 정도였지만 보면 볼수록 웃음소리가 점점 커진다. 마지막에는 어깨를 떨면서, 하늘을 올려다보며 매직은 웃기만 했다.

마치 마음의 어딘가가 부서져 억제할 수 없는 것처럼.

1분? 2분? 아니면 더 시간이 지난 뒤였을까.

"매직! 다시 한 번 말하지. 항복해!"

나는 나쁜 예감을 떨쳐버리려는 듯이 외쳤다.

매직은 가만히 나를 바라보더니,

"거절한다!"

광기에 가득 찬 얼굴로 웃으며 매직이 말했다. 그러고는 뾰족하게 솟은 손톱을 자신의 목에 가져간다.

"매직! 무슨 짓이야!"

"두 번이나 패배하다니, 내 자존심이 용서하지 않는군. 여신에게 항복하느니 이 육체와 함께 지옥의 업화에 불타 사라지는 길을 택하겠어."

매직의 손이 한순간 목덜미에서 떨어진다.

설마…… 설마!

"안돼! 그만 둬!"

나는 팔을 뻗어 매직의 손을 잡으려 했다. 하지만 간발의 차이로 내 손은 허공을 맴돈다.

날카로운 칼날과도 같은 손톱이 매직의 목을 찌르려 하는 것을 나는 눈앞이 깜깜해지는 심정으로 바라볼 수밖에 없었다.

"안돼에에!"

멀리 떨어진 곳에서 나와 매직을 지켜보고 있던 네프기어도 매직의 의도를 알아채고 외쳤다. 하지만 이미······.

적어도 눈앞에 벌어질 비참한 광경에서 눈을 떼지 않고 최선의 해결 방법을 찾아야······.

내가 그렇게 결심한 그때.

"······우, 웃기지 마!"

매직의 목소리가 들렸다.

어라? 깜짝 놀라 바라보니, 매직의 손가락은 목을 아슬아슬하게 찌른 상태로 움직임을 멈췄다.

"장난치지······ 말라고!"

다시 매직이 말했다.

장난이고 뭐고 네가 손톱으로 목을 찌르려고 한 거잖아······. 무심코 그렇게 말하려다가 나는 어떤 사실을 깨달았다.

"설마, 이쪽의 매직?"

나는 말을 바꿔 그렇게 매직에게 물어봤다. 그러자.

"무슨 소리를 하는 거야. 나는 나야."

필사적으로 무언가에 저항하는 듯이 자신의 손을 억누르며 매직이 말했다.

"그 모습······. 마제콘느 선생의 학생인가?"

괴로운 듯이 신음하면서도 매직은 강한 어조로 나에게 말했다. '마제콘느 선생'이라는 말이 위화감과 함께 내 귀에 들려온다.

깜짝 놀라 나는 매직을 바라봤다.

그 눈동자에 지금까지와는 다른 의지가 반짝이는 것을 알 수 있었다.

나는 확신했다. 틀림없어. 매직…… 이 사람은 자기 힘으로 다른 세계에서 온 매직의 의지에 저항하고 있어!

하지만,

"도대체 어떻게……."

내가 그렇게 중얼거리자.

"몰라, 방금 전 한순간이었지만 이 녀석의 힘이 약해졌어."

식은땀투성이가 된 얼굴을 돌리며 매직이 말했다.

"내 몸에 씌어 있는 걸 처리할 수 있다면 빨리 해. 오래는 못 버틴다고."

지금 물어보고 싶은 건 산더미처럼 많다.

하지만 매직이 말하는 것처럼, 지금은 이것저것 생각하고 있을 시간이 없다.

할 수밖에 없어. 나는 각오를 다졌다.

"네프기어! 빨리 와!"

나는 검을 겨누면서 네프기어를 불렀다. 이변을 알아챈 네프기어가 재빨리 이쪽으로 날아오자,

"전에 저지를 쓰러뜨렸을 때는 느와르의 힘을 빌렸어. 하지만 지금은 네프기어 너밖에 없어. 부탁이야. 나에게 힘을 빌려 줘."

호흡을 가다듬으며 그렇게 말했다.

"힘을 빌려 달라니……. 어떻게 하면 되는데?"

"같이 이 검에 힘을 불어넣으면 돼. 그렇게 하면 돼. 그 후에는 검이 사악한 정신을 정화시켜 줄 거야."

"……응! 알았어, 언니!"

네프기어는 고개를 끄덕이더니 검을 쥐고 있는 내 손을 감쌌다.

나와 네프기어의 힘을 불어넣은 검이 마치 이때를 기다리고 있었다는 듯, 보랏빛으로 빛나기 시작한다.

"가자 네프기어! 마음을 하나로 하고!"

"내 마음은 언제나 언니와 함께야!"

나는 점점 크게 빛을 내뿜는 검을 매직에게 겨누었다.

"두 동강이 나거나 하지는 않지만……. 솔직히, 아플 거야. 조금 참아 줘."

"마제콘느 선생의 강철 주먹보다 아픈 건 세상에 없지. 걱정하지 않아도 돼."

이런 상황인데도 대담하게 웃음을 지으며 매직은 눈을 감았다.

아무래도 이쪽의 매직은 저쪽의 매직에게 지지 않는 배짱을 가진 것 같다.

그렇다면 봐주지 않겠어!

네프기어와 얼굴을 마주본 후, 나는 혼신의 힘을 다해 검을 휘둘렀다.

다른 세계의 매직, 내 목소리가 들려?

동정을 받느니 이 육체와 함께 지옥의 업화에 불타 사라지는 길을 택한다.

당신은 분명히 그렇게 말했어. 그러니까 당신에게 있어서는 이 결말은 굴욕적이고 견디기 어려울지도 모르지.

하지만, 그렇기 때문에 나는 내 손으로 당신을 베겠어.

계속 나쁜 짓을 해 왔으니 이 정도는 참아 줘.

그게 당신에게 내려진 벌이니까.

EPILOGUE

"기억났어?"

"기억났어."

"······정말로?"

"정말이라니까?"

"진짜? 정말로 정말?"

"진짜! 정말로 정말!"

"정말로 정말로 정말로······."

아아, 진짜!

보통 때는 남을 잘 믿는 주제에 이상한 데서 의심이 많단 말이지.

"정말로 정말로······."

"거참 질기네! 그렇게 의심할 거면 여기서 내가 알고 있는 네 부끄러운 비밀을 전~부 폭로할 거야!"

무서~운 호러 노벨 게임을 열중해서 하고 나면 혼자서는 잠들지 못해서 울먹거리며 내 이불에 들어온다든지!

같이 목욕탕에 들어갔을 때 샴푸가 눈에 들어가 소동을 부리다가 욕조에 머리를 부딪쳐 통곡을 했다든지!

그렇지, 컵에 들어있는 게 사이다라는 걸 모르고 꿀꺽꿀꺽 마시다가 사레가 들린 적도 있었고.

"······ 그리고 또, 어디 보자."

"우아앙! 너무해 언니! 이제 그만!"

네프기어가 나에게 달려오더니 필사적으로 내 입을 막았다.

버둥거리다가 발이 미끄러진 네프기어가 넘어지려 하는 것을

"앗!"

나는 깜짝 놀라 네프기어의 허리에 손을 얹고 있는 힘껏 내 쪽으로 끌어당긴다.

"어때? 이제 믿겠어?"

"응! 믿을 테니까 용서해 줘."

네프기어의 가슴에 얼굴을 묻은 채로 나는 말했다. 들이쉬는 숨에 **네프기어의 향기가** 가득 차오르자 코끝이 찡해진다.

그걸 들키는 게 부끄러워서 나는 네프기어의 가슴에 더 깊숙이 얼굴을 묻는다.

"네프기어…… 네프기어……."

몇 번이고 몇 번이고 네프기어의 이름을 부른다.

네프기어, 내 동생. 세계에서 제일 귀여운 나만의 동생.

"미안, 미안해. 많이 걱정했지?"

"언니……."

"내가 없는 동안에도 계속 잇승을 지켜줘서 고마워. 나를 찾으러 내려와 줘서 고마워. 많이 힘들었지? 괴로웠지?"

"언니…… 언니!"

네프기어가 나를 꼬옥 끌어안는다.

"하지만 이제 괜찮아. 이제 네프기어를 외톨이로 만들지 않을게. 약속할게."

"…… 언니!"

갑자기 네프기어의 팔에서 힘이 빠지고 무릎이 풀린다. 언제나 나보다 머리 하나 정도는 높은 곳에 있던 네프기어의 얼굴이 내 가슴까지 내려온다.

이번엔 내 차례다. 나는 네프기어를 가슴에 끌어안는다.

"외로웠어! 보고 싶었어! 제멋대로 없어지더니 기억상실증까지 걸려서! 언니 바보바보바보!"

내 가슴 속에서 네프기어가 아이처럼 엉엉 운다.

"그 동안 열심히 해 줬어, 네프기어. 착하지, 착해."

언니답게 나는 네프기어의 머리를 쓰다듬어 주었다.

"다행이에요! 다행이에요! 네푸네푸, 기어짱!"

그런 우리를 저편에서 보고 있던 컴파의 눈물 섞인 목소리를 시작으로 여기저기서 훌쩍이는 소리가 들린다.

"매직도 트릭도 말단들도 전부 무사히 경찰에 인도했고, 네프코의 기억도 돌아왔으니 이걸로 한 건 해결이네."

은근슬쩍 손끝으로 눈가를 닦으며 아이짱이 말했다.

"이번에는 좀 한심해서 납득이 가지 않지만…… . 아야야."

아직 대미지가 남아있는 듯, 느와르가 얼굴을 찌푸리며 말한다."

"언니, 무리하면 안 돼!"

"처음에 무리한 짓을 한 건 너잖아. 정말이지, 우리를 빼놓고 활약하려 하다니 10년은 일러."

"그, 그건…… . 미안해!"

"결과적으로는 무사해서 다행이지만……. 아직 수행이 부족해. 이쪽에 있는 동안 내가 단련시켜 줄 테니, 각오해."

"언니……. 응, 잘 부탁해!"

아하하하.

저쪽은 저쪽대로 우리랑은 또 다른 자매간의 애정이 느껴진다니까.

"…… 너희들도 조금은 반성하도록."

이쪽은 블랑.

표정은 여느 때와 다름없지만 온몸에 힘이 빠진 듯한 느낌으로 언니의 발밑에 달라붙어 있는 쌍둥이들의 목덜미를 양손으로 잡고 있다.

"응! 미안해!"

"…… 언니, 화내면 안돼. (훌쩍)"

롬짱이랑 람짱도 그런 일을 당하고 나서도 기운이 넘치네. 적응력이 높다고 해야 할지, 단순히 무서운 걸 모르는 건지……. 나도 저건 못 당할 것 같아.

"납득이 가지 않는다고 하지만……. 이번에 제일 손해를 본 사람은 저라고 생각하지 않으세요? 돋보이는 활약도 없었고, 이렇게 걱정해 주는 귀여운 동생도 없고……. 어쩐지 저만 혼자가 된 것 같네요."

귀엽게 뺨을 부풀리며 벨이 말했다.

"내가 보기에는 네가 제일 가차 없이 트릭을 두들겨 팬 것 같은

데……. 내가 말리지 않았다면 그 녀석은 지금쯤 재기불능이었을 거야."

그런 벨의 뒤에서 책상다리를 한 브레이브 선생이 말했다.

"그건…… 트릭이 상상 이상으로 튼튼해서 힘이 들어간 거예요. 일부러 그런 건 아니라고요."

"알았다, 알았어. 트릭이 튼튼한 거야 내가 잘 알고 있으니까 신경 쓰지 마."

"사실은 조금 더 화려하게 끝내고 싶었지만……."

이것저것 불만인 듯한 벨 아가씨.

어쩔 수 없지. 나중에 같이 게임을 해서 기분을 풀어줘야겠네.

이렇게 모두의 모습을 살피는 사이에 네프기어의 기분도 진정된 것 같다.

"그럼, 이제 돌아갈까? 나중에 같이 목욕하자. 땀이랑 먼지 때문에 기분 나빠."

겨우 고개를 든 네프기어에게 나는 웃으며 말했다.

"그렇지, 그리고 배도 고프네. 아까 먹은 타코야키, 벌써 소화다 됐어."

"네프기어, 그렇게 먹보였나?"

"오, 오늘만 특별히 그런 거라고!"

응응, 알았어. 알았습니다.

둘 다 눈물 자국이 남아 있는 데다가 눈도 새빨갛다. 솔직히 눈뜨고 봐줄 수 없는 얼굴이지만, 그래도 나와 네프기어는 다시 만난 이래 가장 함박웃음을 짓고 있었다.

*

"그때는 정말 힘들었어……."

나 말고는 아무도 없는 기숙사의 방. 나는 침대 위에서 뒹굴거리면서 N기어의 화면을 들여다보고 후후 웃으며 말했다.

N기어의 화면에는 매직을 쓰러뜨리고 나서 버스가 있던 주차장에서 찍은 단체 사진이 떠 있다.

흔히 없는 일이니 조금은 재미있게 찍자고 이야기해 모두들 브레이브 선생의 커다란 몸에 올라가 포즈를 취하고 있다.

모두들 옷도 머리카락도 너덜너덜, 여기저기에 긁힌 상처와 흉터들이 있어 젊디젊은 소녀다운 추억의 사진…… 이라고는 할 수 없는 지독한 사진이다.

하지만 나도 네프기어도 아이짱도 컴파도, 느와르도 유니도, 블랑도 롬짱도 람짱도, 벨도 브레이브 선생도, 모두들 웃는 얼굴이다.

아, 브레이브 선생이 웃고 있는지는 알 수 없지만.

화면을 손가락으로 움직인다.

그 사진이 오른쪽으로 사라지고는 다음에 나타나는 건 쇼핑몰에서 즉석 패션쇼를 했을 때의 사진. 누가 찍은 거야, 이런 거.

그렇게 나는 점점 과거로 거슬러 올라가는 것처럼 N기어에 있는 사진을 한 장씩 바라본다.

구교사 철거 반대 운동. 이건 이런저런 사건이 있었지만 재미있었지.

이거 봐, 느와르의 연설용 코스프레. 지금 봐도 힘이 팍 들어갔다니까.

벨의 드레스도 예쁘네.

학원제에서도 여러 가지 일이 있었지.

아이돌 그룹의 경비나 치한 퇴치에 불량배 섬멸.

그리고 누가 뭐라 해도 엄청 희귀한 아이짱의 메이드 모습! 아이짱은 지금도 그때 일로 놀리면 진짜로 화낸다니까.

모두 같이 온천에도 들어갔었지. 우리들이 몬스터를 퇴치하자 지면에 뚫린 구멍에서 솟아 나왔던 그거.

네프기어랑 모두 같이 들어갔어. 모두들 신나서 즐거웠어.

그리고 이건 입학식 때인가.

입학식이 끝나고 기숙사에 들어갔을 때, 컴파와 같이 찍었지.

하지만 이건 조금 부끄러운 사진이야. 나, 늦잠을 자서 교복을 입는 걸 잊어버렸거든.

이렇게 다시 되돌아보니, 짧은 시간 동안 여러 가지 일들이 있었던 것 같다. 그 일들이 마치 어제 일어난 일인 것만 같아.

즐거웠던 일들도, 힘들었던 일들도, 나에게 있어서는 전부 둘도 없는 추억이다.

나, 이스투아르 기념학원에 입학해서 정말 다행이야.

진심으로 그렇게 생각한다.

머리맡에 N기어를 놔두고 침대에 누웠을 때였다.

"언니, 들어갈게."

문을 두들기는 소리가 나고, 살짝 열린 문틈으로 네프기어가 얼굴을 내밀었다.

"어라? 벌써 시간이 됐나?"

침대에서 몸을 일으키며 내가 말하자, 네프기어가 가만히 고개를 끄덕인다.

"그렇구나……. 시간이 됐구나."

머리맡의 N기어를 옆에 있던 가방 속에 넣으며 나는 말했다.

침대에서 기세 좋게 내려와 가방을 맨다.

문을 열고 거실로 나오자, 네프기어의 짐이 놓여 있었다.

"그럼, 가자."

그걸 들어 네프기어에게 건네준다.

"응……. 하지만."

짐을 받은 네프기어가 곤란한 표정으로 말한다.

"언니, 진짜 괜찮아?"

표정을 바꾸지 않고 무언가를 확인하듯 나에게 묻는다.

나는 가만히 고개를 끄덕인다.

"잇승을 혼자 놔둘 수는 없어."

그렇게 말하고 마지막으로 방을 한 바퀴 둘러본다.

컴파와 아이짱, 세 명이서 생활했던 방. 여기도 추억이 가득 담겨 있다.

밤새워 학원 안내 팸플릿을 암기하던 때도 있었지.

결과적으로 내 기억을 되찾아 준 컴파의 작전도 이 방에서 태어났어. 고마워, 정말 고마워.

…… 안되겠네. 이렇게 서 있는 것만으로도 추억이 되살아나잖아. 결단을 내려야지.

좋았어. 라고 작게 속삭인 후, 나는 발뒤꿈치를 모아 차렷 자세를 취했다. 그리고,

"짧은 시간이었지만, 고마웠습니다!"

천천히 고개를 숙이고 커다란 목소리로 그렇게 말했다.

정말로 고마웠습니다.

그리고 많은 추억을 내게 선물해 줘서 고마워.

그럼 바이바이! 이스투아르 기념학원!

계속!?

후기

오래간만 or 처음 뵙겠습니다. 오카즈입니다.

최근에 광합성을 하지 않는 생활을 하다 보니 팔의 혈관이 희미해지더라구요.

그럼, 지난번과 똑같이 '편집장과 나'를 보시죠.

"맥주?"

"차 한 잔 주세요."(예상대로의 전개)

"그런가요."

"저기, 편집장…… 하나 묻고 싶은데요."

"뭔가요?"

"겨울인데 왜 그렇게 피부가 탄 건가요?"

"……"

"……"

"아아, 그게 조금."

"조금이 아닌데요."

"아아, 뭐어뭐어! 이번에도 수고하셨습니다!"

네, 뭐 괜찮지만서도…….

그런 편집장의 '좀' 덕분(?)에 근사하게 그려진 유니짱의 일러스트가 볼거리중의 하나인 넵튠 하이스쿨 3권입니다(길어). 이번에도 무사히 나올 수 있었습니다.

지금 생각해 보면 이번에는 과거의 두 권에 비교해 보면 바쁜 시기에 집필을 시작했기 때문에 힘들었어요.

정신을 차려 보니 겨울의 코미케는 '뭐야 그거 먹는 거?' 라는 느낌으로 지나가버렸고 기대했던 연말 특집방송은 볼 시간도 없었고, 설에는 어쩌다 간 설 참배에서 신사의 술을 한 잔 얻어 마시는 거로 끝냈고, 귀성을 했더니 설 음식도 떡국도 가족들이 전부 먹어 버리고……. 그렇게 컴퓨터 앞에만 계~속 앉아 있던 연말연시였습니다.

한편 편집장은 설이 끝나고 보니 살이 탔습니다. '아아, 그게 조금.' 이랍니다.

새카만 피부로 우리모 선생이 그린 유니짱의 일러스트(러프)에 '이건 좀 이렇게!' 라고 주문을 합니다. 이게 바로 양극화 사회라는 거군요.

그런 양극화 사회에 눈물을 삼키며 열심히 쓴 3권이기 때문에 재미있게 읽어 주시면 좋겠습니다. 구원받을 것 같습니다.

마지막으로 언제나 하는 감사 인사를.

이번에도 아이디어 팩토리 주식회사 분들에게 바쁘신 와중에도 꼼꼼한 감수를 받았습니다.

표지 일러스트를 그리신 츠나코 선생, 본문 일러스트를 그리신 우리모 선생에게도(편집장의 주문을 포함해서) 신세를 졌습니다. 매번 근사한 일러스트를 그려 주셔서 보는 저도 즐겁습니다. 벚꽃숲 문고 편집부 여러분들께는 매번 폐만 끼쳐 드렸습니다.

이 책의 발간에 힘써주신 모든 분께 감사를 드립니다.

그럼 다시 다음 권에서 만나도록 하겠습니다.

선탠까지는 아니더라도, 따뜻해지면 새 오토바이로 한 바퀴 돌아보고 싶다는 희망을 가슴에 품고 있습니다.

2013년 2월 모일 오카즈

초차원게임 넵튠 하이스쿨 ❸

초판 1쇄 발행 2014년 3월 31일
초판 2쇄 발행 2014년 4월 30일

저자 오카즈

발행인 원종우
발행처 (주)이미지프레임

주소 (427–060) 경기도 과천시 용마2로 3, 1층
영업부 02-3667-2653 **편집부** 02-3667-2654 **팩스** 02-3667-2655
메일 admin@vnovel.kr **웹** vnovel.kr

ISBN 978-89-6052-344-9 02830 **(세트)** 978-89-6052-267-1